Hukattu herkkyys

Raadollisen rehellinen tarina riippuvuuksista
anteeksiantoon

Johanna Kivikallio

Hukattu herkkyys

Raadollisen rehellinen tarina riippuvuuksista
anteeksiantoon

Kannen suunnittelu: Johanna Kivikallio
Sisuksen taitto: Johanna Kivikallio

Kustantaja: BoD – Books on Demand, Helsinki, Suomi
Valmistaja: BoD – Books on Demand, Norderstedt, Saksa
ISBN 978-952-80-6563-0

Omistuskirjoitus

Olen kirjailijana ottanut oikeuden kirjoittaa tapahtumat sellaisina kuin ne minun muistoissani näyttäytyvät. Tapahtumat eivät tule kulkemaan kronologisessa järjestyksessä, eivätkä ne edusta absoluuttista totuutta. Niistä tulee puuttumaan yksityiskohtia ja koko tarinan sisällöstä puuttuu myös kokonaisia ajanjaksoja, vuosia ja suuria elämäntapahtumia.

Kuten aina, niin myös tällä tarinalla on toinenkin puoli.

Kaikella rakkaudella,

Johanna

***

Olen pieni tyttö, täynnä rakkautta ja iloa. Kuljen alastomana

ollen osa ympäröivää luontoa. Poseeraan kukkaseppele

päässäni vailla minkäänlaista häpeää, vailla pelkoa. Ei ole

mitään pelättävää, elämä on tässä ja nyt, minua varten.

Rakastan vettä, kuraa, ruohoa, heinää, kukkia, kaikkea mitä

olen. Ihailen hassuttelevaa isääni ja suukottelen äitiäni

suoraan suulle.

Kuljen niityillä, pelloilla, metsäpoluilla. Voi miten minä

rakastankaan luontoa, sen kaikkeutta ja sitä, että saan olla

osa sen ihmeellisyyttä. Tutkin käsilläni kaikkea, käteni ovat

jotenkin erityiset, vahvat. Kuin mamilla. Hänen kätensä

puhuivat hänelle. Muistan itseni nauravaisena,

puhdassydämisenä, kilttinä ja viattomana, äärimmäisen

herkkänä, ujonakin.

***

Kaihoan tuota kaikkea minussa, mihin se katosi. Mihin

katosivat kaikki kaunis ja herkkä.

7

YKSI

Synnyin ihan tavalliseen perheeseen 70-luvun loppupuolella.

Aikana, jolloin takapenkillä ei käytetty turvavöitä, kodeista löytyi korkeintaan yksi lankapuhelin, irtokarkkeja ostettiin kioskista penneillä ja viikon kohokohtana pidettiin saunavuoroa taloyhtiön ummehtuneessa kellaritilassa. Minun perheeseeni kuului äiti, isä, isoveli ja koira.

Isälläni ja minulla on aina ollut erityinen suhde. Meitä on yhdistänyt hyvin voimakkaasti jokin sanaton, toista kunnioittava yhteys. Olin isin pikkutyttö ja voi kuinka minä nautin niistä aamuista, kun me hulluttelimme minun joka aamuisen sukkahousu -episodini ympärillä. Isi nosti minut rippineuloksisten sukkahousujeni kuminauhavyötäröstä ilmaan, niin korkealle, että housut asettuivat varmasti riittävän hyvin myös haaroista. Sen jälkeen hän vei minut autolla tarhaan. Matkaa meiltä ei tarhalle ollut kuin parisataa metriä, mutta meillä oli tapana kiertää muutama kortteli. Muistan vieläkin sen lämpimän auton tuoksun, johon sekoittui vaseliinin tai jonkin konerasvan tuoksu isin työvaatteista. Tunsin itseni prinsessaksi saadessani isin jakamattoman huomion noina upeina aamun hetkinä. Tottahan minä äitiäkin rakastin, mutta hän oli erilainen, järkevä, kuvankaunis, maltillinen, luotettava.

Varhaislapsuuteni vietin, sittemmin pahamaineiseksi muodostuneessa, lähiössä, jossa ajan henkeä uhkuvat betoniset kerrostalot koristivat toinen toistaan. Näiden betonibunkkereiden keskeltä löytyi hiekkalaatikko ja keinut lapsille. Ystävystyin hyvin pienenä taaperona naapuritalon tytön kanssa, joka oli minua hieman vanhempi. Monesti minua vähän harmitti kun hän oli niin taitava monessa asiassa. Hän osasi tehdä hienoja kärrynpyöriä ja lauloi kuin enkeli, soitti pianoakin. Minä yritin ja yritin harjoitella yhtä taitavaksi kärrynpyörän tekijäksi kuin hän, mutten koskaan onnistunut. Olin arka. Hän ei ollut.

Minä koin olevani etuoikeutetussa asemassa, koska meillä oli isäni suvun omistuksessa oleva kesämökki, jonne saatoimme viikonloppuisin ja loma-aikoina paeta karua lähiöelämää. Siellä totuin siihen, että ympärilläni on aina paljon ihmisiä, eloisia, kovaäänisiä, humoristisia, vähän vinksahtaneitakin. Minä olin pienestä asti hiljainen, herkkä, ujokin ja nautin mökkeilystä. Siellä minä sain, minulle luonteenomaisesti, nauttia sivusta seuraajan, kuuntelijan, tarkkailijan roolista. Kukaan ei odottanutkaan minulta muuta. Opin yhä taitavammaksi roolissani. Tarkkailijana oleminen tuntui turvalliselta. Sain rauhassa imeä itseeni muiden energioita, ajatuksia, mielialoja ja ikäänkuin hiljaisesti opiskella sivusta seuraamalla tutkimaan ihmisiä. Katsomaan heidän sisäänsä ilman sanoja. Mielenkiintoista. Ihmiset ovat mielenkiintoisia. Eniten nautin kuitenkin luonnosta ja sen tuomasta vapauden tunteesta. Sain kulkea vapaana mutaisia metsäpolkuja paljasjaloin, tuntea kuinka märkä muta pursusi varpaiden väleistä kylmän liman lailla, tuntea sammalen pehmeyden, pistelevät havunneulaset, polttomuurahaiset ja kuivan ruohon jalkojeni alla. Luonnossa olin yhtä vapaa kuin koiramme. Tunsin jännää yhteyttä koiriin, ne olivat samalla tapaa herkkiä ja rehellisiä, aitoja. Meidän koiramme oli vapaa sielu. Se kulki omia teitään aamusta iltahämärään ja palasi mökille vain nukkumaan ja syömään. Ihailin tätä rohkeutta ja itsenäisyyttä. Jonain päivänä minustakin tulee yhtä rohkea ja peloton.

Olemme mökillä. Elämme 80-lukua. Ulkona raivoaa ukkonen. Mustavalkotelevisio otetaan kiireesti pois seinästä pallosalaman pelossa. Aikuisten humalan huuruiset, hauskatkin, kauhutarinat pallosalamasta, joka eittämättä löytää tiensä sisälle pirttiin, sytyttää kaiken ilmiliekkeihin, ovat jännittäviä. Salama, jolta kukaan ei voi suojautua, joka kulkee perässämme ilmavirran nostattamana ja joka hengityksen voimasta riehaantuu ja syöksee tulta lohikäärmeen lailla.

Rakastan yli kaiken vettä, kylmää ja lämmintä, uimista. Nyt vesi on hengenvaarallista. Minulle kerrotaan tarinoita siitä, kuinka uidessa salamanisku kulkee vedenpintaa pitkin, vaanien kuin tappajahai. Lieska, joka lopulta vääjäämättä iskee uivaan ihmiseen, kuolettavasti. Kuulen myös kertomuksia iilimadoista. Niistä viheliäisistä verenimijöistä, joita ei voi nähdä eikä tuntea, ennen kuin on liian myöhäistä ja ne imevät vereni kuiviin.

Silti minä rakastan vettä, vaikka siitä onkin yhtäkkiä tullut myös vähän jännittävä elementti.

Aikuiset ympärilläni ovat hassuja. He ovat hauskoja, mutta jollain erikoisella tavalla hyvin arvaamattomia, ihan niin kuin kissat. Meidän suvussamme kaikilla on vain koiria.

Mökilläkin on paljon koiria, joten kissat ovat minulle luonnollisesti hyvin vieraita ja outoja, pelkään niitä juuri niiden arvaamattomuuden vuoksi.

Aikuiset ympärilläni saattavat muuttua päivän aikana hauskasta yhtäkkiä kovin vihaiseksi, eivät minulle, mutta toisilleen. Välillä heidän hauskuutensa muuttuu yhtä nopeasti suruksi tai raivoksi. Heihin ei voi oikein luottaa, eikä heidän käyttäytymistään pysty kukaan ennakoimaan.

Pelko. Uusi ja jännittävä tunne on löytänyt tiensä minun viattomaan elämääni. Olen hurmioitunut kaikista jännittävistä uusista asioista ja janoan lisää, vaikka pelottaa.

Olemme edelleen mökillä.

Vedän peittoa pääni suojaksi, kuoreksi ulkomaailman pahuu-delta. En halua kuulla. Juopunutta vihaa, tappelua, huutoa, syyttelyä, raivoa, itkua. Pelottaa.

Joku avaa oven, astuu huoneeseen ja paiskaa oven perässään kiinni. Pidän silmät visusti kiinni ja puristan peittoa suojak-seni. Mahaan sattuu.

Valtava pamaus ja kivun riipaiseva karjaisu valtaavat koko huoneen, tunnelma on hyvin painostava, musta. Tajuan, että joku aikuisista on astunut huoneeseemme mökillä ja raivois-saan lyönyt kaapin oveen. Olen hievahtamatta, peläten, että jos edes hengitän, raivo kohdistuu minuun. Kuin pallosala-ma, se löytää minut hengitykseni ilmavirran avulla. Hengittä-mättä oleminen tuntuu luonnolliselta, ikään kuin olisin, en mitään. Tunne tuntuu turvalliselta, lohduttavalta.

Aamulla tapahtumat verhotaan huumorin huntuun, lyöjän turvonnut nyrkki ja reikä kaapin ovessa ovat vain osa tätä hauskuutta. Tämäkin tuntuu tutulta, helpottavalta. Aamu luo toivoa, en halua sen kääntyvän iltaan. En halua elää iltoja, öi-tä, ne ovat pahuutta varten, kaikki paha asuu siellä. Illan tullen tututkin aikuiset muuttuvat, niistä tulee outoja, estottomia, ilkeitä, vieraita.

Tämäkin nainen. Kauniit pitkät, verenpunaisiksi lakatut kynnet, huoliteltu meikki kasvoillaan, tyylikäs mekko yllään. Puhuu pienieleisesti, kauniisti hymyillen. Illalla pahuus ottaa hänestä vallan ja hänkin muuttuu, ihan niinkuin kaikki muutkin.

Hän hoipertelee pitkin viheralueita jotakin etsien. Ei löydä etsimäänsä ja suuttuu. Hetken kuluttua hän juoksee raivoissaan palava halko kädessään, karjuen kuin villieläin. Hän uhkaa lyödä sillä muita. Minä piiloudun jälleen peittoni suojiin. Toivon, ettei paha tänäkään iltana löydä minua sieltä. Jos vain olen hyvin huomaamaton. Olen, en mitään, niin silloinhan minua ei voi löytää, eihän.

Aamun koittaessa hyvä jälleen voittaa. Kukaan ei puhu illan pahan tapahtumista. Asiat katoavat, lakkaavat olemasta nopeammin, kun niistä ei puhuta. On parempi olla siis ihan hiljaa. Hymyilen ja yritän puristaa vatsalihaksillani möykkyä sisälläni pienemmäksi, se auttaa vähän.

***

Istun saunan alalauteilla peseytymässä. Mummo, joka ei oikeasti ole kenenkään mummo, vanhapiika, ilkikurinen, omituisiin tapoihinsa piintynyt vanha nainen katsoo suoraan minun vatsaani ja hetken minusta tuntuu, että hän näkee möykyn sisälläni. Silmissään halveksiva, väheksyvä katse. Naurahtaa ylimielisesti ja pyytää muitakin saunassa olijoita katsomaan minkälainen pömppömaha minulle on kasvanut. Hymyilen hämmentyneenä. Tarkoittiko hän, että minusta on tullut lihava. Varmaankin.

***

Elämässäni on paljon upeita hetkiä. Minusta on ihanaa, kun saan tehdä puutöitä isin kanssa mökillä, veistellä puukolla katajasta milloin mitäkin, osallistua puutalkoisiin, saunoa ja uida. Minä rakastan saunomista ja vettä niin paljon, että useimmiten vietän saunalla kaikki iltani, voisin saunoa aamusta iltaan. Saunon aina ensin naisten kanssa, mutta he väsyvät kovin nopeasti. Onnekseni saan jatkaa miesten kanssa ja silloinkos vasta ilo on irti. Miehet ovat hauskoja, välittömiä, juopuneita.

Yritän myös usein päästä osalliseksi veljeni ja serkkuni touhuihin, mutten useinkaan onnistu, koska he kokevat etten minä tyttönä ole soveltuva heidän seikkailuihinsa. Miksen ole syntynyt pojaksi, kaikki olisi niin paljon helpompaa. Olisi niin paljon helpompaa osallistua kilpailuun siitä, kuka pissaa pisimmälle. Yritän kyllä, mutta häviän aina. Välillä pojat heltyvät ja ottavat minut mukaan touhuihinsa. Tämä tuntuu yhtäaikaa tavattoman hyvältä, oloni on otettu ja samanaikaisesti koen ulkopuolisuuden tunnetta näissä hetkissä, koska en voi olla heidän kanssaan tasavertainen, tyttönä.

Ihailen myös tätiäni, hän on niin tarmokas ja aikaansaava. Hän on naiseksi hyvin pitkä ja lihaksikas, jumaloin hänen voimakasta ja samalla hyvin hoikkaa olemustaan. Minäkin haluan olla kuten hän. Kuljen hänen vanavedessään ja ihastelen haltioituneena hänen esitellessään minulle työnsä tuloksia, milloin putipuhtaaksi siivoamiaan paikkoja, milloin upeita kukkaistutuksiaan. Kunpa minäkin olisin yhtä reipas ja etevä. Huomaan olevani luonteeltani hieman poikamainen, vaikka ulkoisesti näytänkin nukelta. Poikien leikit ovat paljon mutkattomampia, mielenkiintoisempia, todellisempia, fyysisempiä. Tykkään tehdä asioita käsilläni, vaikken olekaan siinä erityisen taitava.

KAKSI

Olen aloittanut koulun. Istun luokan keskellä ja pelkään. Pelkään opettajan läsnäoloa. Hän on hyvin iäkäs nainen, jonka en ole kertaakaan nähnyt hymyilevän. Hän on vakava, vaativa ja suora. Olemukseltaan harmahtava ja vanhoillinen. Minun mielestäni hän muistuttaa mörköä mustassa kaavussaan. Mörkö, joka tulee viereeni vain muistuttaakseen virheistäni. Siitä etten osaa kyllin hyvin, en ole kyllin hyvä. En osaa edes värittää vahaliiduilla oikein. Paha mieli ja epäonnistumisen terävä pisto tuntuvat mahanpohjassa vielä silloinkin, kun pääsen kotiin.

Ujous alkaa nostaa päätään. Olen liian ujo kysymään neuvoa, joten yritän selviytyä itse. On avointen ovien päivä ja saan apua jonkun vanhemmalta, hävettää. Hymyilen ja kiitän.

Joulujuhla on tulossa ja minä saan esittää Herodesta. Olen aivan innoissani. Olen harjoitellut kovasti laulamaan ja päättänyt uskaltaa, vaikka perhoset vipeltävät vatsassani kuin etsien tietään ulos. Osaan sanat ulkoa vaikka unissani, olen harjoitellut niitä paljon.

Sairastun kuitenkin juuri ennen kenraaliharjoitusta ja opettaja valitsee tilalleni uuden Herodeksen ja tekee minusta kuiskaajan, varjon hänen taakseen, hiljaa seisovan olennon valkoisessa koltussaan. Rooli on minulle kovin tuttu ja se vähän harmittaa, koska luulin voivani olla edes kerran jotakin muuta. Uskon opettajan tehneen näin, koska hänen mielestään en osaa laulaa ja tottahan minä olen parempi sivusta seuraajana kuin huomion keskipisteenä.

Elämääni on vyörynyt roppakaupalla uusia tunteita. Huonommuus, riittämättömyys, ulkopuolisuus. Tunne siitä, että kaikki muut ovat etevämpiä kaikessa kuin minä ja minun on vaikea kelvata oikein kenellekään omana itsenäni.

Uusi koulu, uudet ihmiset ympärilläni. Ujostelen ja minua hävettää tyhmät käytöstapani, joita minuun vanhassa koulussani istutettiin ja jotka täällä herättävät vain valtavia naurun remahduksia muissa oppilaissa, opettajassakin. Haluaisin mennä vain kotiin, rappusten alle piiloon.

Hiljalleen tutustun uusiin oppilaisiin ja saan muutamia hyviä kavereita heistä. Jostain syystä oloni on kuitenkin aina, läpi nuoruuteni, hieman ulkopuolinen. Ei sitä onneksi kukaan huomaa. Hymyilen ja olen pidetty kaveri, mutta sisälläni kasvaa kasvamistaan kummallinen möykky, joka janoaa hyväksyntää, tunnetta tulla huomatuksi. En oikein luota, että kaveritkaan ovat kanssani siksi, että he oikeasti pitäisivät minusta. En tiedä mistä tämä johtuu. Miksi minun on niin vaikea luottaa ihmisiin.

***

Pimeän huoneen maisematapetti huokuu 90-luvun ajan
henkeä, tytön kapea sänky ikkunan alla. Tyttö tärisee
polvillaan sängyllä hysteerisen itkun vallassa. Hän kurkkii
peloissaan ikkunasta pimeyteen sateen raiskatessa
ikkunanpieliä. Miettii miksi hän on niin yksin, yksin isossa
maailmassa, ilman isää, ilman äitiä. Miksi hänet jätetään
yksin, silloinkin, kun ulkona myrskyää. Pelottaa.

***

Jo lapsena näen itseni kuin ulkopuolelta, ulkopuolisena ja mietin onko suru, pelko, yksinäisyys, kaipaus todellista vai haluanko vain tuntea näin ilman todellista syytä, olla vain mitätön marttyyri. Ovatko tunteeni todellisia, vai vain kuviteltuja, opittuja kenties.

En tiedä missä isi on, hän ei ole kotona vaikka alkaa olla jo yö. Pelottaa niin kovin. En saa nukuttua.

Aamun koittaessa häpeän jälleen omaa lapsellista käytöstäni, onneksi kukaan ei tiedä. Runot, joita hätäännyksissäni päiväkirjaani yöllä kirjoitin, tapan aamulla.

Hymyilen ja esitän iloista isin puolesta. Hänellä on tyttöystävä, jonka luona hän kertoi olleensa.

***

On perjantai. Olen innoissani, koska viikonloppu on edessä ja saan pienen tauon koulusta. Viikonloppuisin minulla on tapana siivota ja saan tästä palkaksi isin rahapussista kolikot. Taidan olla 12-13 -vuotias. Vanhempani ovat hiljattain eronneet. Minusta on hassua etten muista sitä päivää, jolloin äitini lähti kotoa pois. Minä jäin veljeni kanssa isin luokse asumaan.

Me asumme rivitalossa, mikä sijaitsee maineeltaan selvästi paremmassa lähiössä verrattuna synnyinsijoihini. Muutimme tähän asuntoon minun ollessani seitsemän ja asunto itsessään tuntui kuninkaalliselta palatsilta sen betonibunkkerin jälkeen missä siihen asti olimme asuneet. Minulla on nyt oma huone ja se on vieläpä toisessa kerroksessa.

Outoa, ettei isi ole kotona. Aikaa kuluu, mutta isiä ei kuulu.

Lopulta soitan sedälleni. Hänen vaimonsa vastaa puhelimeen. Kysyn tietääkö hän, missä isi on. Kuulen nolostumisen hänen äänessään, kun hän kertoo isin lähteneen laivalle. Hän on olevinaan yllättynyt, etten tiennyt, mutta joku hänen äänessään saa minut epäilemään, ettei minun kuulunutkaan tietää. Miksi?

Suuttumus, viha, hylätyksi tulemisen tunne, suru ja sisuksia repivä yksinäisyyden ja ulkopuolisuuden tunne valtaavat minut.

Herään aamuyöstä siihen, että isi tulee kotiin. Hänen seurassaan on joku, nainen. Hän hiippailee huoneeseeni tuomaan yöpöydälleni jotakin, leikin nukkuvaa. Hänen mentyään, raotan varovasti silmiäni ja näen hänen jättäneen pöydälleni hajuveden. Haluaisin olla kiitollinen, mutta se on vaikeaa.

Suututtaa. Tekisi mieleni heittää hajuvesi seinään ja nähdä sen hajoavan tuhansiksi sirpaleiksi. Nähdä kuinka sen sisukset valuisivat täysin vailla kontrollia seinän valkoiseksi maalattua pintaa pitkin lattialle ja imeytyisivät lopulta tumman kokolattiamaton säikeisiin. Samaistun näkyyn.

Aamulla avaan hajuveden ja haistan sitä. Lou Lou saa minut voimaan pahoin. Hymyilen ja kiitän isiä tuliaisesta. Ei isi ole paha, hänellä on hyvä sydän.

***

Minä pärjään. *Kerta toisensa jälkeen minä sulkeudun yhä*
tiukemmin kuoreeni, koteloidun kennooni kuin mikäkin alkio.
Olen alkanut herkistyä yhä enemmän ympäristölleni. Aistin
ihmisten sisimmän. *Yhä enemmän minä hymyilen ja*
näyttäydyn maailmalle valloittavan suloisena, kauniina ja
kilttinä. Möykky sisälläni kasvaa.

***

Tulen portaita alas, en haluaisi. Isi istuu kaljatuoppi edessään, vai kenties jotain väkevämpää, en muista. Hän itkee. Hän itkee niin, että minua sattuu syvälle. Hän pyytää minulta apua, hän pyytää minulta apua ymmärtääkseen miksi äitini jätti hänet ja miksi hänen oma äitinsä kuoli niin nuorena. Hän pyytää, anelee, minulta apua miten selviytyä huomiseen. Olen hämmentynyt, en tiedä miten reagoida. Olen vain hiljaa ja ymmärrän.

Hän syyttää myös jostakin veljeäni ja paiskaa säpäleiksi häneltä lahjaksi saamansa oluttuopin. En tiedä miksi. Tiedän vain sen, että tuossa hetkessä veljeni kärsimykset, suru, vaikeudet, nykyiset ja tulevat, siirtyvät minuun. Koteloin ne sydämeni syvimpään sopukkaan ja varjelen niitä kuin kalleinta aarrettani. Toivon, etteivät ne koskaan päädy hänelle itselleen, vaan minä saan pitää ne, omana aarteenani. Minä olen vahva.

KOLME

Äiti soittaa. Hän kuulostaa hätääntyneeltä. Hän on saanut kuulla, että isi on lähtenyt mökille ja jättänyt meidät veljeni kanssa kaksin kotiin, ilman ruokaa. Uhkaa lastensuojelulla. Valehtelen. En tietoisesti, mutta suojellakseni isiä ja varmaan itseänikin, myös veljeäni.

Vakuutan, että kaikki on hyvin ja minulla on kaverin luona yöpaikka valmiiksi sovittuna ja ruokaakin on. Äiti rauhoittuu. Todellisuus on kuitenkin kaikkea muuta, eikä tämä ole mitenkään poikkeuksellinen tilanne, mutta ei sitä kenenkään pidä tietää. Kulissien takana olen turvassa. Olen yksin.

Jääkaapissa ei todella ole mitään. Kaapista löydän kuitenkin hiutaleita, joista voin tehdä puuroa. Ystäväni tulee meille ja kauhistelee tilannetta, sitä ettei minulla ole mitään muuta syötävää kuin puuroa. Minua hävettää ja vähättelen tilannetta selitellen jotakin hauskaa. Olenhan jo oppinut, että huumorin taakse voi piilottaa kaiken. Aivan kaiken. Nälkä saa minut kuitenkin suostumaan hänen ehdotukseensa ja me menemme hänen kotiinsa syömään. Häpeä. Olen saanut seurakseni uuden tunteen, joka tuntuu varjostavan nyt kaikkea elämässäni. Häpeän pieniä rintojani, pömppövatsaani, köyhyyttä, aikuisten ennakoimatonta käyttäytymistä, itseäni.

Äiti ei myöskään tiedä, että jo tässä vaiheessa, ollessani hädin tuskin 14 -vuotias, elämääni on jo tullut poikaystävät, seksi, alkoholi, tupakka. Ei kukaan muukaan tiedä, vain läheisimmät ystäväni, kaverit. Kukaan ei myöskään voi tietää, kuinka ulkopuoliseksi itseni koen, kaiken aikaa.

Olen ajautunut elämään hyvin monitahoista elämää. Olen kuin näyttelijä omassa elämässäni, mukautuen eri rooleihin ympäristön odotusten mukaisesti.

Vanhempieni edessä olen äärimmäisen kiltti, hyväkäytöksinen nuori. Ystävieni edessä minusta on tullut kova tyttö. Olen tyttö, joka uskaltaa juoda, polttaa tupakkaa, harrastaa seksiä, uhota kaupungilla väkivallalla heikompiaan, olla paikalla jengitappeluissa, kuulua osaksi porukoita, jotka niittävät mainettaan väkivallalla.

Itselleni olen häpeäpilkku. Häpeän omaa toimintaani, en haluaisi olla osa tuota kaikkea, mutta koen ettei minulla ole vaihtoehtoja. Vain sitä kautta voin tuntea kuuluvani johonkin, olla tärkeä, huomattu, hyväksytty. Silti olemassaoloani varjostaa tunne siitä, etten ole riittävästi mitään, en ole haluttu ja hyväksytty sellaisena kuin olen, kukaan ei edes tiedä millainen minä oikeasti olen. Kuka minä olen.

***

Läpinäkyvä, mitätön, ulkopuolinen, sivusta seuraaja, varjo.
Nämä kaikki ovat kuvastaneet minua hyvin pienestä saakka
ja mitä pidempään elämäni jatkuu, sitä voimakkaammaksi ne
vain muuttuvat. Mihin tämä kaikki päättyy, milloin ja miten.

***

Olen edelleen alaikäinen, kun juomisestani on tullut jo tapa. Joka viikonloppu lähden väärennetyillä papereilla baariin ja juon itseni humalaan. Janoan huomiota. Janoan sitä niin kipeästi, että varoituksista huolimatta ajaudun milloin kenenkin matkaan. Tällä kertaa kyseessä on poika, josta en erityisemmin edes pidä. En näe hänessä mitään sykähdyttävää, paitsi sen, että hän haluaa minua. Se riittää. Minulle riittää, että joku haluaa minua. Lähden hänen matkaansa, kerta toisensa jälkeen, vaikka tiedän ettei hän halua minusta muuta kuin ehkä satunnaista seksiä, seuraa paremman puutteessa. Minä haluan. Minä haluan oikean ihmissuhteen, tunteen olla hyväksytty, rakastettu. Haluan sitä jopa ihmiseltä, josta en edes pidä.

Hän nöyryyttää minua. Hän raiskaa minut pullolla, katsoen samalla suoraan silmiini ilkikurisesti hymyillen. Minä esitän nauttivani, koska luulen, että vain näin toimimalla, voin saada rakkautta ja hyväksyntää. Jälkeenpäin hän kerskuu teoillaan kavereilleen, minä näen sen heidän silmistään, he tietävät. Olen hiljaa ja hymyilen. Annan hänen kohdella minua näin, aina siihen saakka, kunnes hän tartuttaa minuun sukupuolitaudin, kertoen sen minulle sinä samaisena yönä, kun hän on syönyt kaulani niin rumaksi, että jopa oma isäni katsoo minua nyt halveksuntaa leiskuvin silmin.

Annan anteeksi tietäen, että vain niin voin olla edelleen edes pidetty. Pelkään tulla hylätyksi. Minuun sattuu, sattuu niin saatanasti, ettei kukaan voi tietää. Kivulle ei ole enää sanoja, se on jotain niin voimakasta, sairasta.

Tullessani täysi-ikäiseksi, olen tavannut jo lapseni isän. Isäni peilikuvan, hauskan, hyväsydämisen, siistin miehen. Ihmisen, joka haluaa tutustua minuun ja laittaa minut kaiken edelle. Kaiken muun, paitsi alkoholin. Tässä vaiheessa alkoholi on melko suuressa roolissa myös omassa elämässäni, käytän sitä usein ja paljon humaltuakseni pois todellisuuden kivuista, joten ei minua haittaa lainkaan, että mieheni toimii samoin. Pikemminkin se tuntuu hyvin kotoisalta ja luotettavalta, turvalliselta. Kaverimme tai oikeammin, hänen kaverinsa, ihmettelevät suvaitsevaisuuttani alati toistuvista kosteista illoista ja siitä, ettei mikään alkoholimäärä tunnu riittävän miehelleni. Minä hymyilen. Olen oppinut vaikenemaan.

Vaikeneminen vie pois kaiken pahan ja jokainen aamu antaa aina hyvän voittaa. Vaikenemalla saan myös vapauden elää omaa elämääni. Olen rakastettu, haluttu, hyväksytty. Melko pian opin jälleen elämään montaa elämää yhtäaikaisesti.

Huomaan haltioituvani tilanteista, joissa saan osakseni huomiota, ventovierailtakin. Miehiltä, joskus jopa naisilta. Se tuntuu hyvältä. Olen kuin jumalatar pitkine säärineni korkeissa koroissani ja tiukoissa vaatteissani. Janoan edelleen, yhä enemmän hyväksyntää, huomiota. Mieheni tuntuu vain nauttivan siitä, että minä näytän hyvältä, seksikkäältä.

Hänelle riittää, että hänellä on oma vapautensa, alkoholi ja meitä yhdistävät kulissit.

***

Astun vaa'alle ja tunnen valtavan hyvänolontunteen ryöpsähtävän sisälläni, kun lukema on vaivaiset 48 kiloa. Puristelen vatsaani miettien kuinka vähän lukeman pitäisi olla, että vatsani ei enää pömpöttäisi. Suoliluuni ja kylkiluuni tuntuvat kovina sormieni alla, se tuntuu hyvältä, samoin kuin hyvin kapeaksi kuroutunut vyötäröni. Olen oppinut kontrolloimaan syömistäni. Syön kuin lintu ja olen siitä ylpeä. Saan huomiota osakseni laihuuteni vuoksi, ihanaa tulla huomatuksi. Samaan aikaan tunnen olevani petturi, koska koen osaavani peittää vaatteilla pömppömahani ja paksut reiteni, myös ison perseeni. Mietin, milloin muille paljastuu etten olekaan niin ihailtavan laiha vaatteiden alla. Kehonkuvani on vääristynyt.

***

Kokoan esiripun suojassa täydellisiä kulisseja. Olen oppinut lukemaan ihmisten sisintä ja elämään kuin kameleontti, mukaillen heidän tunnetilojaan saadakseni mahdollisimman paljon huomiota ja ollakseni pidetty kaikkien silmissä. Olen oppinut miellyttämään. Samalla kontrolloin omaa käytöstäni kuin haukka. Mietin jokaista liikettäni, miten se näyttäytyy toiselle, onko se riittävän sensuelli, huomaamaton tai viaton, kulloisenkin tarpeen mukaan. Minusta on tullut marionetti.

Elämäni tärkeimmäksi päämääräksi on muodostunut se, miltä asiat näyttävät ulospäin ja himoni shoppailuun on kyltymätön. Kaikki rahani menevät täydellisten kulissien ylläpitämiseen ja uusien luomiseen, mutta minä en välitä. Mitä täydellisemmältä kaikki näyttää, koti, minä, autot, sen paremmin asiat ovat. Ovathan. Elän omassa haavemaailmassani. Esiripun taakse ei ole lupa kurkistaa, edes minulla itselläni, kaikki hajonnut ja epätäydellinen kuuluu sinne.

NELJÄ

Ensimmäisen eroni jälkeen, elämäni hajoaa. Irtosuhteet ottavat minusta vallan ja kuin varkain, tulen riippuvaiseksi seksistä ja kaikkeen siihen liittyvästä.

Elämäni tärkeimmäksi päämääräksi on tullut tavoitella seksin tuomaa jännitystä ja hetkellistä hyvänolontunnetta keinolla millä hyvänsä. Lopulta parhaimman nautinnon saan siitä, kun suunnittelen tulevia tilanteita. En enää saa itse toiminnasta oikeastaan mitään, vain toiveen tilanteen nopeasta laukeamisesta päästäkseni takaisin omaan haavemaailmaani.

Kasaamaan uutta unelmaani. Mikään ei enää tunnu miltään.

Pahimpia ovat tilanteet, joissa huomaan täysin häikäilemättä käyttäväni hyväkseni ihmisten tunteita minua kohtaan ja silti, minä en välitä.

***

On viikonloppu. Poikani on isänsä luona ja minä virittäydyn ottamaan omasta vapaudestani kaiken irti, vaikka olen jo jälleen uudessa parisuhteessa. En osaa, en halua olla yksin, mutta mikään parisuhde ei enää riitä, janoan lisää ja enemmän. Haluan, tarvitsen kaiken.

Olen lähdössä ulos kavereideni kanssa ja koen valtavaa tyydytyksen tunnetta, kun poikaystäväni ihailee ulkomuotoani keimaillessani peilin edessä. Tiedän, että myös muut tulevat huomaamaan sen. En koe tilanteessa mitään väärää. Yökerhossa kuljen kuin saalistaja. Etsin seuraavaa uhria. Paskan panon jälkeen soitan poikaystäväni hakemaan minut kotiin. Kerron tilanteesta ja nautin meidän molempien kärsimyksestä. Kuinka sairasta tämä onkaan.

Minut huomataan ja silti, koen jatkuvaa ulkopuolisuuden tunnetta omassa elämässäni. Kuinka paljon ja mitä minun tulee tehdä ja antaa, että minut huomataan oikeasti.

Olen täydellisen hukassa, tai niin minä ainakin luulen.

***

Vaihdan työpaikkaa ja painajaiseni alkaa. Työpaikan adonis, bodari, kaikkien kunnioittama paska iskee silmänsä minuun ja ottaa omakseen.

Ensimmäisestä firman retkestä lähtien olen hänen oma seksi-lelunsa. Hän rakastaa, tuo ruusuja ja rakastaa. Samalla hän kertoo, että tulen aina olemaan hänen elämässään vain toinen nainen, vaimoaan hän ei lelunsa vuoksi jätä. Olen otettu. En todellakaan ole tottunut tällaiseen huomioon mitä nyt saan osakseni. Joka päivä minut haetaan ruokatunnilla uusiin seik-kailuihin. Autoon rakennetaan kiinnikkeitä vain minua var-ten, siitä luodaan hänen fantasioitaan vastaava pornoluola, joka on helposti verhottavissa takaisin työautoksi. Olen imar-reltu. Suhteemme jatkuu kauan ja hän haluaa toteuttaa yhä kieroutuneimpia fantasioita kanssani.

***

Hän haluaa työntää minuun kynttilää. Sattuu ja itkettää. Haluan olla hänen rakastettunsa, hänen salainen timanttinsa.

Hymyilen ja valehtelen sen tuntuneen hyvältä, koska hän haluaa asian olevan niin. Pian hän keksii jotakin muuta.

Hän on hyvin mustasukkainen minusta. Kuinka hyvältä tämä tuntuukaan. Saan osakseni hänen jakamatonta huomiotaan, tietysti hänen ehdoillaan ja vain silloin kun se hänelle sopii. Minä odotan näitä hetkiä. Odotan kuin kuuta ulvova susi auringon väistymistä pimeyden tieltä. Minä odotan ja odotan.

Lopulta kyllästyn odottamaan ja lähden rakentamaan omaa imperiumiani, salassa häneltä, salassa kaikilta. Siihen kuuluu alati vaihtuvia miehiä, seksisuhteita. Täyttääkseni tyhjiötä sisälläni, minulle kelpaa lähes mikä ja kuka ja milloin tahansa. En välitä. En halua olla yksin, koska silloin joudun kasvotusten sen kaiken hajonneen ja epätäydellisen kanssa esirippuni takana. Huomaan, että heikkouttani, riippuvuuttani aletaan käyttää hyväksi, minua käytetään hyväksi, mutta minä en välitä. Ei ole mitään syytä välittää, kunhan vaan saan sen pienen hetken huomiota toiselta ihmiseltä, se riittää.

Adonikseni alkaa epäillä, etten ole enää rehellinen hänelle ja oikeassahan hän onkin. Ei minun elämässäni ole pitkään aikaan, jos koskaan, ollut mitään rehellistä. Pelkkiä valheita. Tarinoita, joiden siivin selviytyä seuraavaan hetkeen. Hetkeen, jolloin saada seuraava tyydytyksen tunne, joka sekin on aina vain lyhyempi ja laimeampi. Pian huomaan jo työpäivienkin lomassa hakevani mielihyvään johtavia tapahtumia. Sähköpostin välityksellä tapahtuvaa yhteydenpitoa, likaisten videoiden vastaanottamista, pervoja puheita, masturbointia. Toisen ihmisen läheisyys ei tunnu enää miltään, en halua ketään lähelleni ja silti kaihoan alati uusia kohtaamisia, kuin todistaakseni tätä tosiasiaa itselleni.

Kaikkea toimintaani varjostaa jatkuva syyllisyyden ja häpeän tunne. Tiedän toimivani väärin, mutten voi sille mitään. En pysty kontrolloimaan käyttäytymistäni. Kyseessä on joku korkeampi voima, joka vetää minua puoleensa niin voimakkaasti, ettei minulla yksinkertaisesti ole enää voimia taistella sitä vastaan. Sillä ei ole mitään tekemistä järjen kanssa. Enhän minä tyhmä ole, en ole koskaan ollut, vaikka niin usein annan näin ymmärtääkin, vain päästäkseni helpommalla. On niin paljon helpompaa esittää yksinkertaista, kun vastata teoistaan.

***

Koko työyhteisö tietää meidän suhteestamme, mutta kukaan ei välitä. Kukaan ei uskalla asettua poikkiteloin, kaikista vähiten minä itse. Toisinaan hän käskee minut työpaikkani kellarikerroksen vessaan, vain tyydyttääkseen tarpeitaan ja minä kuljen kuin pallosalama hänen vanavedessään tehden kaiken mitä hän haluaa minun tekevän. Menettämisen pelko saa minut voimaan niin pahoin, että voisin oksentaa ja silloin lopetan jälleen syömisen. Syömisen lopettaminen on ainoa keino helpottaa kipua vatsassani. Kipua, joka on kulkenut mukanani aina. Saatan syödä työpäiväni aikana yhden keksin ja illan tullen vähän nuudeleita. Tasapainoilen riippuvuuksieni välillä hakien lohtua, turvaa, milloin syömisen kontrolloimisesta, milloin seksistä. Elämäni on jatkuvaa taistelua, sisäistä tuskaa. Hymyilen. Voi katso miten kauniisti minä hymyilen.

Minusta on tullut erittäin taitava olemaan ihmisille sitä mitä he haluavat minun olevan. Näen ihmisten silmien taakse ja kuin kameleontti muuntaudun juuri sellaiseksi mitä he milloinkin ovat vailla. Teen tätä, koska se tuottaa minulle suurta mielihyvää. Mielihyvää siitä, että onnistun jossakin, olen hyvä, etevä ja saan janoamaani huomiota toiselta ihmiseltä. Ei se yksinäisyyttä sisältäni poista, mutta se helpottaa edes sen pienen hetken ajaksi.

***

Jälleen yhdet firman juhlat tulossa, jännittää. Olen iloinen saadessani viettää kokonaisen päivän hänen kanssaan, avoimesti, kuin normaali pariskunta. Meidät viedään bussilla johonkin leiripaikkaan. Juhlat ovat tietysti hyvin kosteat, mutta adonikseni on kiinnostuneempi minusta kuin ryyppäämisestä. Hän vie minut yhteisiin, 70-luvun karkeutta uhkuviin suihkutiloihin, jossa laattojen valkoiset saumat ovat aikojen saatossa värjääntyneet yhtä keltaiseksi kuin syksyisestä koivusta putoilevat lehdet ja joka askeettisuudellaan muistuttaa enemmän keskitysleirin kaasukammiota kuin peseytymiseen tarkoitettua tilaa. Hän kieltää ketään tulemasta suihkutilaan saadakseen olla minun kanssani kahden. Tämä on imartelevaa.

Hän pyytää minua virtsaamaan päälleen. En pysty. Koen epäonnistuneeni hänen silmissään. Hän yrittää rohkaista minua virtsaamalla minun päälleni. Se on ällöttävää, mutta esitän tietenkin nauttivani tilanteesta, koska hän niin toivoo. En edelleenkään pysty toteuttamaan hänen fantasiaansa, en vaan voi ja tunnelma latistuu. Loppuillan minulla on hieman huono mieli. Hymyilen vähän enemmän.

Paluumatkalla istumme vierekkäin ja hän lähettelee vaimolleen rakkaudentunnustuksia tekstiviestitse. Tämä tuntuu pahalta. Päätän hiljaa kostaa ja alan viestitellä entisen poikaystäväni kanssa. Tilanne kärjistyy. Hän ottaa puhelimeni ja lukee viestini. Lopulta hän nappaa kiinni minusta ja heittelee, paiskoo minua kuin hernepussia pitkin bussin käytäviä ja penkkirivejä. Tunnen kuinka polveni ja kyynärpääni kolahtelevat metalliputkiin, kynnyksiin ja penkkien koviin muoviosiin. Mustelmia alkaa nousta ympäri laihaa kehoani kuin korostaen tummanpuhuvaa tunnetta sisälläni. Muut matkustajat ovat kauhuissaan, kunnes lopulta uskaltautuvat väliin ja vievät minut bussin perälle, pois hänen luotaan. Minua hävettää, hävettää niin kovin. Tämä on täysin minun syytäni, minä ärsytin häntä aivan turhaan ja täysin tietoisesti.

Seuraavat päivät ovat kammottavia. Hänen täytyy lähteä työpaikasta ja hän lähteekin, oma-aloitteisesti tietenkin säilyttääkseen kunniansa. Voin niin pahoin, etten muista koskaan ennen voineeni. Tunnen niin kovaa syyllisyyttä siitä, että hän joutui luopumaan työstään minun takiani, että tuntuu kuin sisuskalujani puserrettaisiin kasaan roska-auton puristimen lailla.

Jännitys mahassa ei mene pois, se ei mene enää koskaan pois. Kontrolloin syömistäni yhä tiukemmin. Samalla päätän, että elämäni pitää muuttua. Olen vihainen ja häpeissäni. Olen saanut turpaani. Kyllä, olen tullut fyysisesti pahoinpidellyksi. Päätän tämän jääneen viimeiseksi kerraksi, vaikka syvällä sisälläni tiedänkin, että se oli täysin omaa syytäni.

Alan haaveilla siitä, että opettelen lyömään ja puolustamaan itseäni fyysisesti niin, että seuraavaa kertaa ei tule. En halua, että minuun kosketaan. Ei enää koskaan.

Sairas suhteemme onkin tauolla jonkin aikaa, kunnes hän päättää, että me jatkamme. Ja me jatkamme. Jokin minussa on kuitenkin muuttunut. Jokainen hetki hänen kanssaan, kosketus, kaikki mitä hän puhuu, tekee, on, saa minut varuilleni ja huomaan rimpuilevani irti. Rimpuilen irti kuin kiduksistani verkkoon takertunut särki ja mitä kovemmin yritän, sitä tiukemmin takerrun hänen verkkoonsa ja sotkeudun omiin eviini. Sitä punaisemmiksi silmäni muuttuvat.

Lopulta luovutan ja lähden etsimään vaihtoehtoja. Hän huomaa minun muuttuneen. Hän näkee, että säteeni eivät kohdistu enää häneen vaan ne kohdistuvat toisaalle, moneen eri suuntaan. Hän on entistä kiinnostuneempi tekemisistäni ja minä haen entistä vakuuttuneemmin ulospääsyä, monesta eri suunnasta. Lopulta hän ei ehkä enää jaksa, ei ehkä enää halua jakaa minua kaikkien muiden kanssa ja suhteemme päättyy niinkin helppoon tekstiviestiin, kuin "Haista vittu!".

Olen vihdoin vapaa. Olenhan.

***

En tunne itseäni, en ole tuntenut enää pitkään aikaan, jos
koskaan. On vain kipu, helvetillinen kipu. Hymyilen. Minulla
ei ole pienintäkään omanarvontunnetta, itseluottamusta,
uskoa, toivoa. On vain tyhjät kuoret, joita varjostaa häpeä ja
syyllisyys. Minua on jäljellä enää niin kovin vähän.

***

VIISI

Palaan suhteeseen lapseni isän kanssa ja menemme uudelleen naimisiin. Teen tämän, koska kaipaan sitä tuttuuden tunnetta, mikä minulla hänen kanssaan oli. Tuttuutta, puhdasta kotia, kulisseja, kaikkea sitä mihin olen jo lapsena tottunut.

En kuitenkaan tyydy tähän. Kaikesta huolimatta elämääni koristavat edelleen hyvin moninaiset ja sairaat ihmissuhteet, lihan himo, kaipaus ja suru. Havittelen alati ulospääsyä, etsin pelastajaani kaikkialta, kaikista, kaikesta. Tietämättä mitä etsin ja miksi. Minkä vitun takia.

Lopulta elämääni tulee urheilu. Se tuntuu vihdoinkin oikealta, terveeltä tavalta hukuttaa huolia, päästä pois omasta elämästäni. Niinpä saatan aamulla herätä anivarhain ollakseni juoksemassa pahaa oloani karkuun jo ennen töiden alkamista. Töistä menen suoraan treeneihin, joissa saan helposti aikaa kulumaan kaksikin tuntia. Aikaa poissa elämästäni ja siitä pahasta olosta mikä sisälläni jyllää. Joskus teen vielä toisen lenkin tämän kaiken päälle, jotta päästessäni lopulta kotiin, aivoni ovat sumusta harmaat ja voin vain vaipua tiedottomuuden tilaan ennen seuraavaa aamua. Aamua, jolloin sen pienen hetken verran hyvä voittaa.

Huomaan hukanneeni kokonaisia ajanjaksoja näiltä ajoilta. En muista kaikkea, en halua muistaa. Olen läpimätä tunkio, kasa haisevaa paskaa, joka ei koskaan muuttunut ravinnerikkaaksi mullaksi.

Elämäni jatkuu tällaisena vuosia. Huono omatuntoni on saada minut oksentamaan lähes päivittäin ja rankaisen itseäni syömättömyydellä, miten kaunista voikaan olla näläntunne. Se tunne, kun vatsan sisällä kaikki painuvat kasaan, luut törröttävät lantiolla, vatsa on edes pienen hetken pömpöttämättä.

Taivaallista. Humalluttavaa. Mitä kovemmin sattuu, sitä kovempaa minä treenaan. Ei ole lainkaan poikkeuksellista, että tavalliseen arkipäivääni kuuluu töiden lisäksi parikin eri tree-

niä. Mitä vain, mikä saattelee minut kauniiseen euforiaan.
Kunnes.

***

Tapaan sinut. En halua katsoa sinua sillä tavalla. Sinussa on jotakin erilaista, jotakin rehellistä, pelottavaa. Pelkään ihastuvani sinuun, sinun minuun, en ole sen arvoista, sinun arvoistasi.

En kuitenkaan pysty vastustamaan tunnetta, sinua. Yritän taistella ihastumista vastaan, mutta huomaan jo ensimmäisinä päivinä, ettei se ole minun vallassani, ei myöskään sinun. Nyt on jälleen kyse jostakin korkeammasta voimasta, joka magneetin lailla vetää meitä toistemme puoleen. Jotakin mitä ihmisen veri ja liha, äly eivät pysty vastustamaan. Tällä kertaa korkean voiman tarkoitusperät eivät tunnu rikollisilta, vääriltä, syntisiltä, sairailta, vaan nyt kyse on jostakin täysin luonnollisesta, normaalista, turvallisesta, rehellisestä, puhtaasta.

Olen tavannut ihmisen, jolle en kykene, en halua, valehdella. Ristiriitaiset ajatukset sisälläni, kysyen miksi. Minun on vaikea käsitellä tilannetta, miten siihen pitäisi suhtautua, miten ottaa ohjat käsiini. En tunne sinua lainkaan, eikä minulle ole alkuunkaan selvää, voinko luottaa sinuun vai oletko sinäkin vain mies, joka näkee minussa potentiaalisen hyväksikäytettävän omien fantasioidensa toteuttamiseen ja vähät välittää totuudesta, minusta.

Ensimmäisen kerran, kun me varovasti tunnustellen halaamme, salassa kaikilta muilta, olen pudota polvilleni. Tunne, kuinka sulamme yhteen kuin muovailuvaha on henkeäsalpaava, taianomainen, tuttu. Olemme kuin yhdessä muotissa valettu veistos, joka on halkaistu kahdeksi erilliseksi lohkareeksi ja jotka nyt liitetään takaisin yhteen, kaikki on saumatonta, yhtä. Me olemme yhtä. En ole eläissäni kokenut mitään vastaavaa ja sillä hetkellä tiedän, etten voi olemassaoloasi enää kieltää. En keneltäkään, kaikkein vähiten itseltäni ja sinulta.

Tästä hetkestä alkaa suhteemme ja jo kahden viikon päästä, minä pakkaan tavarani ja muutan luoksesi. Alku on kaikessa kauneudessaan kamalaa, yhtä helvettiä. Meidän molempien lapset, entiset puolisot sukuineen. Kaikki tuntuu mahdottomalta ja kuitenkin me tiedämme, että tämä rakkaus on jotakin niin ainutlaatuista ja oikeaa, että se on tämän kaiken paskan arvoista. Sitä ei voi sivuuttaa. Me käymme läpi menneisyytemme peikkoja, ihmissuhteita, joiden täytyy jäädä meidän molempien elämistä pois, koska olemme valinneet toisemme.

Minä pelkään, että sinä kysyt. Pelkään sinun kysyvän menneisyyteni yksityiskohtia, koska tiedän, että silloin minun on ne sinulle kerrottava. Ensimmäistä kertaa elämässäni minä olisin tilanteessa, jossa joutuisin sanoittamaan sen kaiken pahan, aivan kaiken. Olet ainoa ihminen, jolle en ole kykenevä valehtelemaan. Mutta sinä et kysy ja minä tiedän, että sinä tiedät. Sinäkin olet rikkinäinen, omalla tavallasi.

Sovimme jo suhteemme alkumetreillä, että asioista pitää voida puhua. Kaikesta pitää voida toiselle puhua pelkäämättä toisen reaktiota, keskustellen. Tämä on meille molemmille uutta, erityisesti minulle, mutta myös sinulle. Yhtäkkiä asioista puhutaan ja vaikeneminen väistyy. Oloni on hyvin aseista riisuttu ja menettämisen pelko on äärimmillään. Pelkään joka hetkessä menettäväni sinut, pelko on niin voimakasta, että se tuntuu fyysisenä kipuna vatsassani, sydämessäni asti. Myös sinä pelkäät, pelkäät, että menneisyyteni haamut tempaavat minut takaisin sinne, missä meitä ei vielä ole.

Ensimmäinen vuosi on myrskyisää meidän rakentaessa luottamuksen perustuksia yhdessä. Se ei ole kovin helppoa, kun

53

yhteen on liitetty ne kaksi rikkoutunutta veistoksen palaa. Tarvitaan aikaa, jotta saumat ovat riittävän pitäviä ja niiden varaan voi luottaa. Luottaa siihen, että ne kantavat ja kannattelevat läpi tulevienkin myrskyjen.

Muutamme pieneen kylään kaupungin laidalla. Tämä on minun toiveeni, pyyntöni sinulle. En pysty enää elämään kanssasi talossa, jossa tunnen sinun menneisyytesi haamut jokaisena päivänä. Kilpailen aamusta iltaan menneisyytesi hahmojen kanssa, joiden läsnäolon tunnen näiden hirsiseinien sisällä. Olen onnellinen ja helpottunut, kun muutamme meidän yhteiseen taloon. Minä kotiudun, sinä et. Lopulta olemme tilanteessa, jossa sinun elämäsi on kaupungissa ja minun maaseudulla. Meille jää vain harvakseltaan jokunen yhteinen ilta ja kuin varkain, olemme erkaantuneet toisistamme. Myös luottamus alkaa rakoilla.

Meillä on yksi ilta yhdessä ja päätämme käydä oluella paikallisessa kuppilassa. Olemme molemmat kovin innoissamme tästä, myös vähän hiprakassa jo lähteissä. Kuppilassa tilanne äkisti muuttuu. Sinä ilmoitat lähteväsi kotiin. Olet mustasukkainen ventovieraasta, paikalla olleesta "pukumiehestä". Luullen, että minä olen hänestä kiinnostunut. Ensin vanha tuttu imarteleva tunne hivelee sisuksiani, kun huomaan sinun välittävän minusta niin paljon, että olet minusta mustasukkainen. Tunne väistyy kuitenkin pian ja minä suutun. Minä suutun siitä, ettet usko minua, et usko minun rehellisyyteeni, et luota minuun. Etkö sinä saatana vieläkään näe, että minä olen muuttunut. Minä en ole menneisyyteni. Kaikki ne pahuudet, mitkä minussa elivät, kuolivat sinä päivänä kun minä halasin sinua ensimmäisen kerran, sen jälkeen en ole ollut riippuvuuksieni vietävissä, se kaikki on mennyttä. Suuttumus muuttuu raivoksi. Nyt minä en enää itsekään tunnista itseäni. Oloni on kuin sisältäni pakottautuisi ulos vuosikausia piilossa majaillut raivoisa leijona, kuin kaikki se, mitä olin vuosia siihen vatsassani kasvavaan möykkyyn runnonut, olisi yhtaikaisesti räjähtänyt minusta ulos. Ja minä hyökkään kimppuusi, minä lyön. Minä lyön sinua. Maailma pysähtyy.

Sinä annat minulle anteeksi, myöhemmin. Olemme ajautuneet isojen päätösten äärelle. Päätämme palata kaupunkiin, koska se on ainoa keino, pelastaa meidät.

***

Tiesin aina jollakin tavalla, jossain sisimmässäni, että

jonakin päivänä. Jonakin päivänä tulen kohtaamaan vielä

uudelleen sen kaiken taakse jääneen kurjuuden. Kaikki ne

valheet, syömishäiriöt, alkoholin huurruttamat muistot,

uskottomuuden, hymyn ja kauniiden kasvojen taakse

verhotun epävarmuuden, mitättömyyden, särjetyt sydämet,

haavojen jättämät rumat arvet.

En vain koskaan arvannut, että se tapahtuisi juuri nyt ja tällä

tavoin. Juuri nyt, kun minulla on kaikki, sinutkin.

***

KUUSI

Lopettelen työvuoroani kotihoidossa melko aurinkoisena kesäkuun alun päivänä. Työpäiväni oli jälleen soljunut kuin siivillä. Nautin ajaessani pitkiä välimatkoja asiakkaalta toiselle. Ne ovat hetkiä, jolloin saan olla yksin. Vain minä ja ajatukseni. Hetkiä, jolloin pursuan ideoita kuin kuumaa laavaa syöksevä tulivuori. Vilkkaan mielikuvitukseni keinoin toteutan mielessäni unelmia, luon uusia ja hautaan vanhoja. Usein huomaan eläväni niin voimakkaasti omassa fantasiamaailmassani, että oloni lähentelee liki orgasmin kaltaista fyysistä tunneryöppyä, niin innoissani omista ajatuksistani olen.

Näin oli tänäänkin. Astuin mielikuvissani kehään voittajan elkein, kohtasin vastustajani ja olin lähes ylivoimainen toteuttaessani mahtavia tekniikoitani, joita sinä olit minulle sinnikkäästi opettanut. Ilman sinua en olisi edes uskaltanut antaa tälle haaveelleni tilaa, mutta olit vakuuttanut minut siitä, ettei vielä ole liian myöhäistä. Olit päättänyt, että me yhdessä saavutamme unelmani, minun ensimmäisen thainyrkkeilyotteluni.

Puhelin soi juuri kun olen istahtanut auringon kuumentamaan, ikivanhan plyysikankaan löyhkäämään Toyota Corollaani. Katson hetken outoa numeroa ja mietin kannattaako vastata. Olihan minulla jo työpäivä takana ihmisten parissa ja kaipasin kipeästi omaa aikaani, jota automatkani kotiin minulle tarjoaisi.

Jokin numerossa sai minut kuitenkin päättämään, että vastaan. Ei olisi pitänyt. Jos en olisi vastannut, elämäni olisi jatkunut kuten ennenkin, ainakin vielä vähän aikaa, edes sen auvoisan kotimatkan verran.

Valitettavasti sinulla on syöpä, määrätietoisen kuuloinen naisääni sanoo heti toisessa lauseessaan. Ensimmäinen ja myös lähes kaikki tämän jälkeiset lauseet hukkuvat ilmaan kuin katupöly sateen alle. En ymmärrä mitään.

En vaan voi ymmärtää, miksi tämä nainen langan toisessa päässä, joka ei edes tunne minua, tarjoaa minulle niin sinnikkäästi sairaslomaa. Enhän minä sairas ole, päin vastoin, minähän olen jumalauta elämäni kunnossa, niin fyysisesti kuin henkisestikin.

Minulla on vihdoinkin hyvä olla, kaikki on hyvin. Olen korviani myöten rakastunut sinuun edelleen, saavuttanut elämässäni jotakin konkreettista, uuden ammatinkin. Olen onnellinen. Kaikki paha on väistynyt elämästäni kuin itsestään. Silti, tämä outo nainen kertoo mahdollisuuksistani sairaslomaan. Yritän kuulostaa rauhalliselta ja asialliselta, kuten minulle luonteenomaista on, etenkin keskustellessani ventovieraan ihmisen kanssa. Vieläpä asiasta, mistä en tunnu ymmärtävän yhtään mitään.

Puhelun lopussa, huomaan kuinka kurkkuani alkaa kuristaa, silmäni kostuvat ja ääneni alkaa murtua ja minulle tulee pakonomainen tarve lopettaa puhelu. Puhelu pitää lopettaa pian ennen kuin toisessa päässä oleva naisääni kuulee tämän. Viimeiseen asti säilytän tyyneyteni, hymyilen, vaikka sisälläni roihuaa. En anna kenenkään nähdä mitä sisälläni tapahtuu, en vähääkään edes kurkistaa. En ennen kuin luotan tunkeutujaan.

Ensimmäinen ajatukseni puhelun päätyttyä on soittaa sinulle ja niin teenkin. Kun kuulen sinun pehmeän, rakastavan äänesi langan toisessa päässä, paniikki ottaa minusta vallan, enkä kykene pidättelemään itseäni enää sekuntiakaan. Pillahdan hysteeriseen itkuun ja sinä, sinulle luontaiseen tapaasi, pysyt rauhallisena yrittäen selvittää mitä on tapahtunut. Saan yhä kuristuvan kurkkuni ja hysteriani seasta lausuttua juuri kuulemani sanan, syöpä. Mulla on syöpä. Vaikken näe kasvojasi, tunnistan hengityksestäsi ja äänestäsi järkytyksen, mitä parhaasi mukaan yrität peitellä rauhoittaaksesi minua. Sovimme, että keskitän nyt kaikki voimani siihen, että pääsen turvallisesti luoksesi. Matkasta en muista mitään.

Seuraavat kaksi viikkoa kuljen sumussa ja yritän ymmärtää miksi minun päiväni ovat luetut jo nyt. Miksi minun ei anneta elää. Olenko todella ollut niin paha. Olenhan minä. Miten poikani käy, selviääkö hän teinivuosistaan ja kasvaa aikuiseksi ilman minua, kuka hänestä huolehtii. Kuka tukee häntä hänen surussaan menettäessään äitinsä niin nuorena.

Ympärilläni olevat ihmiset, sinäkin, yrittävät minulle kertoa, ettei elämä tähän pääty, nyt taistellaan kohti parempaa huomista. Missä minun oma uskoni on. Olenko vain marttyyri, joka haluaa pyöriä itsesäälissään nauttien saamastaan huomiosta. Niin, saamastani huomiosta. Onko todella niin, että minä nautin tilanteesta, että olen vakavasti sairas. En tiedä mihin uskoa, ei ole enää mitään mihin luottaa.

Olin naiivi. Kuvittelin, että minulla on hyvät geenit, jotka antavat minulle pitkän, hyvän ja terveen elämän huolimatta epäterveellisistä elämäntavoistani aiemmin. Olinhan parantanut jo lähes kaikki epäterveelliset tapani, kohdistanut huomion valokeilani liikuntaan ja terveellisiin elämäntapoihin. Ei minun pidä kuolla näin. Olen vihainen.

Istun naistentautien poliklinikan vastaanotolla ja odotan vuoroani. Jokainen minuutti tuntuu ikuisuudelta. Katselen odotushuoneessa istuvia naisia, miettien, mikä heidän kohtalonsa on. Miksi he ovat täällä. Tunnen ihollani myös heidän katseensa, miettivät kai samaa minusta, mikä minua vaivaa, miksi minä istun siinä, epämääräisesti roikkuva villatakki ylläni, sinä vierelläni. Yksi naisista itkee ja huomaan miettiväni, miksi hän on täällä yksin, noin suruissaan. Miksei hänellä ole ketään vierellään lohduttamassa. Samalla tunnen ylpeyttä siitä, että sinä olet vierelläni, täälläkin. Toinen on tullut äitinsä kanssa, hyppää alvariinsa vessassa, mutta vaikuttaa muutoin hyvin rauhalliselta ja näyttää olevan sinut oman tilanteensa kanssa. Kolmas nainen astelee sisään kuin Liisa Ihmemaahan. Hän on varmaakin shokissa, ei ehkä ymmärrä mitä täällä tekee ja miten täällä pitäisi käyttäytyä, miten olla.

Minä sen sijaan, olen hyvinkin tietoinen siitä, että tämä käynti on hetki, joka tulee muuttamaan koko elämäni suunnan. Olen mielessäni, ja myös sinun kanssasi, käsitellyt syöpää alkutiedon saamisesta kohti kovaa pahoinvoinnin siivittämää taistelua ja tiedän, että tästä kliinisen valkoisesta, desinfiointiaineen löyhkäämästä paikasta on pian tulossa minun toinen kotini. Paikka, jossa jollain tapaa tulen viihtymään. Paikka jossa minusta huolehditaan menneeseen katsomatta, kohti huomista matkaten.

Kauniille pitkille hiuksilleni tulen sanomaan hyvästit hoitojen alkaessa ja tyydyn uuteen peilikuvaani kaljuna, syöpää sairastavana, riutuneen kalpeana naisena. Olen jo päätökseni tehnyt ja kieltäytynyt peruukista, huiveista ja muista, mitä minulle sairauttani peittelemään tullaan tarjoamaan. Olen päättänyt olla rehellisesti oma hauras itseni ja vastaanottaa sen mukanaan tuoman häpeän ihmisten edessä. Olen valmis.

Ajattelen, naurakaa, säälikää, ivatkaa, mutta tässä minä nyt olen. Tällainen minusta on tullut. Olen päättänyt, että aika on koittanut luopua niistä viimeisistäkin meikin rippeistä, joilla haavoittuvaa, herkkää sieluani olen tähän asti koko maailmalta suojannut. Olen väsynyt esittämään.

Vuoronumerotaulu vinkaisee ilkikurisesti seuraavan numeron ilmestyessä taululle. Tunnen verensyöksyn sisälläni. Veri syöksyy niin valtavalla voimalla sisälläni, että rintaani vihlaisee ja henkeni salpautuu. Pelottaa. Lopulta, minun numeroni ilmestyy taululle ja kuin transsissa kävelen kanssasi taulun ilmoittaman huoneen ovelle. Ovella meitä ovat vastassa naistentautien lääkäri ja sairaanhoitaja. Välittömästi tulkitsen heidän vähäeleisyytensä pahimman uutisen merkiksi ja jäh-mettyneenä vain odotan tuomion julistamista. Tunnen oloni ontoksi.

Miten niin syöpä ei ole levinnyt ja miten niin lääkärit voivat yhtäkkiä kuvitella, että näin harvinaislaatuinen syöpä voitai-siin parantaa kohdunpoistolla. Eihän tässä ollut enää mitään järkeä. Minähän olin juuri valmistautunut sytostaatti- ja sädehoitojen alkamiseen heti kun leikkauksesta olen toipunut sen verran, että elimistöni jaksaa näitä ottaa vastaan. Olin päättänyt leikkauttaa hiukseni lyhyiksi ennen kuin olisin ko-konaan kalju. Eihän siitä ole kuin muutama viikko, kun se jä-mäkkä naisääni minulle puhelimessa kertoi, että leikkauksia on tulossa ja käski minun varautua siihen, että koko kesäni tulen olemaan sairauslomalla. Kuka minua nyt taas kusettaa ja miksi.

Yritän hymyillä muka huojentuneena lääkärille ja samalla huomaan miettiväni, että olen jälleen onnistunut pettämään läheiseni. Minä olin rehellinen, en halua, en ole enää se pas-kamainen pelkuri, petturi. Minun piti olla niin vakavasti sai-ras, että toipumiseni vaatisi kaikki mahdolliset voimavarat it-seltäni ja sinulta. Eniten minua sattuu, kun katson sinuun ja näen silmissäsi pettymyksen. En minä sinua pettänyt, minä en tiennyt. Pitkä hiljaisuus.

Kerron läheisilleni saamani ilouutiset ja vastaanotan huojennuksen täyteisiä sympatiaviestejä ja ainoa mitä mietin on, että kuinka me sinun kanssasi selviämme tästä, jos luottamuksesi minuun horjuu.

Illalla otan asian varovasti puheeksi. En kuule sanoja mitä käytän, mutta kun sinä kerrot avoimesti omista ajatuksistasi, minä huojennun. Sinä kerrot, kuinka onnellinen olet, ettei syöpä ole levinnyt ja kerrot myös siitä, miten oudolla tavalla koet pettymyksen valtaavan mielesi. Juuri tämän minä sinussa näin ja olen miltei liikuttunut kun pystyt sen minulle sanoittamaan. Kerrot kuinka olit valmistautunut kanssani kamppailemaan ja ottamaan vastuullesi kaiken, jotta minä saisin keskittyä taisteluuni syöpää vastaan. Olit valmistautunut kantamaan minut läpi tulevan taistelun.

Leikkaus on ohi. Pääsen sairaalasta heti seuraavana päivänä kotiin. Sinä rinnallani. Oloni on kuin olisin vanhentunut kymmenen vuotta tuon yhden päivän aikana, liikkuminen on tuskaista ja hidasta, joka paikkaa jomottaa ja särkee. Kohtuni on poistettu. Tieto siitä, että viimeinenkin, visusti salaamani, utuinen haave lapsesta sinun kanssasi on nyt tapettu, ei vielä saavuta tietoisuuttani. Hyvä niin. En kestäisi nyt enempää. Uskoni huomiseen horjuu muutenkin. En pysty kuvittelemaan, että muutamien viikkojen jälkeen oloni olisi niin hyvä, että jatkaisin normaalia elämääni. Onko vointini enää koskaan niin hyvä, että voin jatkaa normaalia elämääni. Epäilen. Ajatus töihin paluusta tuntuu ahdistavalta vielä monta viikkoa leikkauksen jälkeen.

Äiti, minun elävä enkelini. Olen oppinut vasta aikuisena tukeutumaan äitiini, niin hyvässä kuin pahassa. Maailmassani ei ole enää asiaa, jota en olisi ensimmäisten joukossa halunnut jakaa juuri hänen kanssaan. Aina emme tarvitse tähän sanoja, äiti näkee sisääni, se on helpottavaa, että vihdoinkin elämässäni on joku, jolla on lupa katsoa niin avoimesti sisääni. Hänen läsnäolonsa rauhoittaa ja antaa minulle voimia samanaikaisesti. Äidin lähellä on hyvä olla, koen, että se on ainoa paikka, missä kukaan ei minua tuomitse, äiti ei tuomitse.

Niinpä huomaan nytkin kaiken tämän myllerryksen keskellä tukeutuvani eniten äitiini. Toisaalta koen sen äärimmäisen noloksi, suorastaan häpeälliseksi, minähän olen jo aikuinen nainen ja turvaudun omaan äitiini kuin mikäkin pieni, säälittävä rääpäle. Äiti ei kuitenkaan ajattele näin, minä tunnen sen ja voin vain toivoa saavani jakaa tämän saman tunteen itse äitinä rakkaalle lapselleni. Haluan enemmän kuin mitään tässä maailmassa, että myös oma lapseni kokisi minut jonain päivänä tuona naarasleijonamaisena lämmönlähteenä elämässään, jollaisena minä äitini koen.

SEITSEMÄN

Elämä jatkuu, sinnitellen. Palaan töihin.

Aloitan treenaamisen ennen töihin palaamistani. Varovasti tunnustellen, kuulostellen tuntemuksiani. Täytyyhän minun tietää millä tolalla fyysinen kuntoni on. Lyön yksittäisiä lyöntejä säkkiin, potkin kiertopotkuja ja fiilistelen. Tuntuu hyvältä. Jatkan treenaamista alkuviikon, omaan rauhalliseen tahtiini.

Käyn tekemässä pienen hölkän tarkkaillen miltä vatsassani tuntuu nyt kun sieltä puuttuu osa naiseudestani. Tämäkin menee hyvin, olen jopa hieman yllättynyt ettei kuntoni ole tämän pahemmin romahtanut, vaikka olen sairaslomani ajan todella vain sairastanut, eikä ruokavalionikaan ole ollut mairitteleva. Olen syönyt sitä mitä mieleni on tehnyt. Paljon herkkuja, makeita ja suolaisia. On ollut vapauttavaa elää ruoan suhteen täysin vailla kontrollia. Ensimmäistä kertaa.

Uskaltaudun ensimmäisiin ohjattuihin harjoituksiin, koska tiedän, että kyseessä on nyrkkeilyä. Tuntuu helpommalta aloittaa lyönneillä, siitähän minä vuosia sitten kamppailu-urheilun muutoinkin aloitin. Selviydyn puolentoista tunnin urakasta kunnialla, ei pahoja tuntemuksia, eikä pelkäämiäni yllättäviä verenvuotokohtauksia. Tämän treenin jälkeen sinä jo ilmoitat innoissasi valmentajalle, että minä pystyn tree-naamaan ja olen mukana täyspäisenä jäsenenä ensi viikosta alkaen. Näin tapahtuukin. Jännittää.

Ei aikaakaan, kun minusta alkaa tuntua siltä, että minä sinnit-telen. Yritän pysyä sinun tahdissasi mukana. Vartaloni jokai-nen lihas, jänne, kiinnekohta, pinnassa olevat luut ja iho huu-tavat kivusta. Kävely tekee kipeää, istuminen, edes seisomi-nen paikallaan ei enää tunnu hyvältä.

Haluan vain nukkua ja syödä. Syödä, tosiaan. Ruokahaluni on palaamassa. Minä tarvitsen ruokaa, oikeaa ruokaa ja sa-malla koen huonoa omaa tuntoa siitä ettei painoni putoa. Häpeän elimistöni tarvitsemaa ruoan määrää, en halua, että kiinnität siihen huomiota ja kuitenkin koen, että tarvitsen huomiotasi tässäkin. Miksi kaikki on nykyään niin helvetin ristiriitaista. Koen valtavaa tarvetta miellyttää sinua, syödä vähemmän ja laihtua, vaikket sinä sitä odota. Yritän kuulostaa kiitolliselta antamastasi panoksesta, mutta minusta tuntuu etten osaa kuin valittaa. Tahti on liian kova, mutten uskalla, halua, sanoa sitä ääneen, koska pelkään, ettet sen jälkeen enää usko unelmaani, etkä auta minua sitä kohti. Pelkään menettäväni sinut. Sinusta on tullut kaikkeni, olenko riippuvainen nyt sinusta. Ehkä.

Sanon, ettei tuntemuksia ole, koska haluan treenata sinun kanssasi, olla panostuksesi arvoinen. Olet päättänyt minut auttaa kohti unelmaani ja kunnioitan tätä suuresti. Koen etten ole saanut osakseni koskaan aiemmin mitään tällaista, sinä todella yrität minua tässä auttaa, jopa oman harjoittelusi kustannuksella, tarkoitusperäsi ovat täysin epäitsekkäät.

Tosiasiassa, olen aivan loppu. Yritän hakea voimia sisäisen rauhan, meditaation, itsetutkiskelun keinoin. Turhaan. Ei minun sisältäni löydy mitään sellaista.

Melko usein koen olevani myös kovin yksinäinen. En tiedä johtuuko se siitä, että hakeudun hyvin herkästi omien ajatusteni viidakkoon ja uppoudun, eksyn, sinne niin kovin helposti. Mitä syvemmälle ajatuksissani sukellan, sitä yksinäisempi olen ja sitä kauemmaksi työnnän kaikki ihmiset läheltäni, sinutkin. Nautin yksinäisyydestä, mutta myös pelkään sitä, koska yksinäisyys on minulle jonkinlainen luovuuden olotila, enkä halua elämääni muutoksia ja kuitenkin niistä alati haaveilen.

Huomaan ajattelevani, ettet halua minua enää naisena. Seksielämämme on laantunut tämän kesän aikana lähes olemattomiin minun sairauteni vuoksi. Toivon sinulta jotakin erilaista läheisyyttä, mutta koen saavani sitä kovin vähän. En minä siitä sinua syytä, tämähän on vain minun ajatusviidakkoni tuotosta. Mieleni on viimeisten kahden kuukauden ajan ollut hyvin moninainen. Olen ollut herkempi kuin koskaan aiemmin ja tämän vuoksi myös kuvitellut paljon sellaista mitä ei ole. Tutkiskellessani itseäni, olen huomannut seuraavani myös sinun eleitäsi, ilmeitäsi, puheitasi, sinua, hyvin kriittisesti omia tulkintojani tehden.

Kova treenaaminen vaatii meiltä molemmilta veronsa. Huomaan ettemme kumpikaan jaksa olla aktiivisia, kun ilta lopulta koittaa ja meillä on se pieni hetki aikaa vain toisillemme. Olemme ajautuneet sohvan eri nurkkiin. Se ei haittaa minua, uskon, että me molemmat kaipaamme yhtä paljon, jopa enemmän, sen oman hetken siellä omassa nurkassamme. Tieto siitä, että olemme kuitenkin yhdessä riittää. Haen tähän välillä varmistusta kysymällä sinulta, oletko siellä vielä minua varten. Sinä olet vähän hämmentynyt.

Minä rakastan sinua. Olen rakastanut ensimmäisestä hetkestä alkaen ja rakastan edelleen. Tiedän, että sinäkin rakastat minua, se on lohdullista. Rakkautemme on toki näiden vuosien saatossa muuttunut, syventynyt omalla tavallaan. On helpottavaa, että luotamme toisiimme, lopultakin.

Luottamukseni sinuun taitaa olla myös luottamista itseeni, tai ainakin sen hetkittäistä heräämistä. Olenkohan oppimassa rakastamaan myös itseäni. Välillä olen peloissani. En oikein tiedä mitä pelkään. Omia ajatuksiani kenties, sitä valtavaa epävarmuutta, joka tuntuu fyysisenä kipuna, pistoksena, sisälläni ja jonka kuvittelen johtuvan sinusta, siitä, että olen menettämässä sinut. Tämä tunne nousee pintaan nykyään harvemmin ja se myös katoaa itsestään. Alkuaikoina tunne oli alati läsnä arjessamme, meidän molempien suunnalta. Sinäkin pelkäsit.

Muistan kuulleeni, että sydänsuruihin voi kuolla. Minä uskon tämän. Olen aina kokenut emotionaaliset ahdistukset, surun, pelon, huolen, fyysisenä kipuna elimistössäni. Koko elämäni ajan olen kantanut huolta veljestäni. Huoli on niin voimakas, että se sattuu minuun fyysisesti. Pelkään, että joku satuttaa veljeäni. Olisin jo pienenä tyttönä antanut mitä vain, että maailma olisi säästänyt hänet kaikelta pahalta, kaikilta sydänsuruilta, antanut ne minulle hänen sijaan. Olen aina kokenut yhteyden häneen lähes maagisena. Olemme käyttäneet toistemme seurassa aina hyvin vähän sanoja, mutta joku läsnäolossamme on vain kertonut niin paljon enemmän, että sanat ovat tuntuneet turhilta. Nyt olen lopulta rauhallinen veljeni suhteen, tiedän, että hänellä on kaikki hyvin.

Äidiksi tulemisen jälkeen, olen kantanut valtavaa huolta myös pikkusiskoistani. En oikein itsekään ymmärrä miksi koen niin vahvaa äidillistä huolta heistä, vaikka tiedän, että heillä on suojanaan sama rakastava naarasleijona kuin minullakin. Vahva suojelemisen voima sisälläni jyllää kuitenkin herkeämättä murehtien heidänkin, minun tyttöjeni, elämää. Välillä huomaan miettiväni kuinka voisin antaa, olla, heille enemmän, saada heidät huomaamaan, että olen valmis taistelemaan viimeiseen hengenvetooni asti kaikessa myös heidän puolestaan, aivan kuten poikanikin.

Vihdoinkin treenit ovat alkaneet tuntua taas hyvältä. Minusta tuntuu, että minä pystyn tähän, minä haluan tätä täydestä sydämestäni. En koe enää olevani altavastaajana joka käänteessä ja se tuntuu mahtavalta.

Tulen kotiin treeneistä, sinä laitat ruokaa. Kysyt tuntemuksistani, ajatuksistani, thainyrkkeilyn ja treenaamisen suhteen. Huomaan alahuuleni väpättävän, liikutuksesta kai, kun kerron sinulle ajatuksistani. Eikä ihme, kerron nyt ensimmäistä kertaa täysin avoimesti omista ajatuksistani tähän liittyen. Se on vähän jännittävää. Olen rehellinen ja avoin. Se kannattaa. Myös sinä avaudut omista tuntemuksistasi valmistautuessasi aikanaan otteluihin ja huomaan ajatuksesi olleen osaltaan hyvinkin samankaltaisia, myös sinä olet ollut epävarma itsestäsi, omalla tavallasi. En koskaan huomannut tätä sinusta.

Päätän onnistua. En anna oman epävarmuuteni tulla tielle, minun täytyy taistella kovemmin. Nyt on se hetki, kun en saa antaa periksi, luovuttaa, siirtyä sivuun muiden tieltä. Perkele, minä näytän koko maailmalle. Minä näytän itselleni, että minä pystyn tähän!

Välillä tuntuu kuin seikkailisin vuoristoradassa. Hetkittäin meno on tasaista ja koen onnistumisen tunteita, jotka kutkuttelevat sisuksissani mukavasti. Kunnes vastaan tulee tiukka mutka. Hiljennän vauhtia, keskityn hengittämään ja rauhoittumaan. Vastassa on ylämäki ja minusta tuntuu, että voimani ehtyvät, osaamiseni loppuu, tulee takapakkia ja koen olevani huonompi kuin muut, tietämättä edes miksi vertaan itseäni muihin. Kunnes pääsen jälleen vauhdin hurmaan ja laskettelen hurjaa vauhtia alamäkeä, jolloin meno tuntuu helpolta ja olen oman itseni voittaja.

Huono omatunto hiipii ajoittain kuin varkain sydämeeni saaden minut tuntemaan sitä fyysistä kipua, mitä suru, kaiho, häpeä ja kaikki ne tunteet ovat aina minussa saaneet aikaan. Usein tähän liittyy joku asia, joka muistuttaa minua menneestä ja saan hyvin nopeasti poimittua sieltä nämä kaikki kipeät tunteet, jotka viiltelevät sisuksiani veitsenterävillä iskuillaan.

Tällä kertaa kipu kumpuaa äitiydestä. Koen olevani huono äiti. Menneisyyteni häpeä ei jätä minua rauhaan. Minun ei pitäisi antaa itselleni näin paljon, en tiedä miten onnistua kaikessa samanaikaisesti. Se saa minut levottomaksi ja kiukkuiseksi. Turhaudun. Haluan olla hyvä ja välittävä äiti. Samalla koen voimakasta paloa saavuttaa niin kauan salaa tavoittelemani ja haaveilemani taito ja olla myös sinun arvostuksesi arvoinen. Miten muut onnistuvat tässä, vaikka heidän lapsensa ovat puolta pienempiä kuin minun poikani. Eivät hekään, kaikki tuntemani onnistujat, elä onnellisissa ydinperheissään. Päinvastoin, melko moni heistä elää uusioperheissä tai peräti yksinhuoltajina.

Tilannetta ei helpota se, että ihana poikani, hänelle luontaiseen, avoimeen ja suoraviivaiseen tapaansa muistuttelee minua tästä jatkuvasti. Hän ei selvästikään pidä siitä, että minä harrastan liikuntaa niin paljon. Ja kuitenkin, ne hetket, kun olen kotona, poikaani varten, hän tuijottaa puhelintaan ja jakaa korkeintaan niitä verkkomaailman tarinoita kanssani. Onko tämäkään todellista yhdessäoloa, kaipaan oikeita tarinoita. Poikani on jo niin iso ettei hän enää innostu yhteisistä hetkistä samalla tapaa kuin pienempänä. Minusta tuntuu, etten löydä meille mitään yhteistä kiinnostuksen kohdetta. Olen kysynyt, mitä me voisimme tehdä yhdessä, muttei hänkään osaa tähän vastata. Kyllähän me yhdessä käymme kävelyllä koiramme kanssa, häääräämme kotiaskareita ja jutustelemme siinä sivussa, lähinnä poikaani kiinnostavista aiheista. Tämäkin omalla tavallaan ahdistaa minua. Miksi minun äitiyteni vuorovaikutus on tällaista, kuuntelen yksityiskohtaisia selostuksia moottoreiden toimintaperiaatteista tai suunnitelmia tulevista mopon osien hankinnoista. Miksi minä en voi heittäytyä sohvalle poikani kanssa vieretysten katselemaan elokuvaa, käydä uimahallissa, elokuvissa, silitellä hänen hiuksiaan, ottaa hänet mukaani treenisalille touhuilemaan omiaan siksi ajaksi, kun minä jumppaan ja mennä sitten yhdessä syömään lounasta ulos. Miksi kaikki muut voivat tehdä näin, mutta me emme. Näiden ristiriitaisten ajatusten kanssa painiessani, tunnen huonoa omaatuntoa siitä etten ole kuin poikani ja tavallaan olemme täydellisesti yhtä. Olemme erilaisia ja kuitenkin tismalleen samanlaisia. Kärsin myös siitä ettei hänen isänsä anna hänelle isyyttään, tuntuu kuin sekin taakka olisi minun harteillani, enkä minä naisena osaa olla isä pojalleni.

Olen puhunut poikani kanssa avoimesti tilanteesta, kaikista näkökulmista. Poikani on äärimmäisen fiksu. Minusta tuntuu, että hän ymmärtää minua. Hän ymmärtää minua syvemmin kuin moni muu, aivan kuten minä häntä. Rakastan poikaani enemmän kuin mitään tässä maailmassa ja olen äärimmäisen onnellinen siitä, että olen saanut juuri hänet pojakseni, minun lapseni. Olen kertonut sen hänellekin rehellisesti ja se lohduttaa kaiken myllerryksen keskellä.

***

Takana on kevyempi viikko treenien suhteen. Olen tästä mielissäni, koska tämä viikko on tuntunut joka asian suhteen kovin tahmealta. Huomaan hermojeni olevan normaalia kireämmällä ja minulla on ollut koko viikon vaikeuksia tavoittaa sitä positiivista voimaa sisälläni, joka saisi minut kokemaan onnistumisen tunteita ja valaisi uskoa minuun kaikessa. Negatiivisuuden kehä kiertää minua myös töissä ja uskoakseni, on osin sieltä lähtöisinkin. Töissä ei ole enää hyvä olla, asiat eivät ole kuten aiemmin. Jokin työpaikallani on muuttunut, ihmiset ehkä. On tullut uusia, henkisesti yhä haastavampia asiakkaita ja osa vanhoista tutuista asiakkaista on kuollut tai siirtynyt pitkäaikaishoitopaikkoihin. Myös työkaverit ovat erilaisia, he ovat väsyneitä, kiukkuisia, itsekkäämpiä kuin aiemmin. Harmikseni huomaan purkavani omaa tyytymättömyyttäni tiuskimalla kotona, se ei ole oikein muita kohtaan. Tiedän tämän, mutta minun on vaikea hillitä itseäni, raivostuttaa. Olen väsynyt.

Vaikka olen väsynyt, odotan aina innolla alkavaa viikkoa kovine treeneineen, joissa pääsen itseäni haastamaan niin fyysisesti kuin henkisestikin. Tajuamatta, että tämähän on vain pakoilua, sitä minulle tutuksi tullutta pakenemista pahanolon ääreltä. Itseni uuvuttamista äärimmilleen poispääsyä hakien.

Toivon saavani nukkua pitkään. Nukkua niin, ettei mikään ulkopuolelta kumpuava ääni herätä minua. Se tuntuu mahdottomalta meidän pienessä asunnossa, jossa väistämättä herään aina kun joku muukin herää ja liikkuu asunnossa. Huomaan ajatusteni moninaistuvan usein juuri silloin kun olen erittäin väsynyt. Nytkin, tehdessäni töitä kotihoidossa läpi viikonlopun ja ajellessani kauniissa maalaismaisemissa, unelmoin siitä, että saisin istahtaa sinun, rakkaan mieheni, kanssa sohvalle nauttimaan lasillisen hyvää punaviiniä, syödä maukkaita juustoja, suklaata ja katsella jännittävää elokuvaa televisiosta kynttilämeren ympäröimänä. Totuus on kuitenkin aivan muuta. Tulen kotiin rättiväsyneenä iltavuorosta, syön nopeasti jotakin iltapalaksi kelpaavaa, käyn pesulla, lataan kahvinkeittimen jo seuraavaa aamuvuoroa varten ja huomaan olevani kireä kuin viulunkieli. Aikani rentoutua valuu kuin hiekka sormien välistä sitä mukaa mitä enemmän minulla on iltatoimia tehtävänäni. Lopulta istahdan viereesi sohvalle ja jo hetken päästä kysyt mennäänkö petiin. Ärsyynnyn, vaikka koen olevani unen tarpeessa itsekin. Ärsyynnyn, koska minulla, meillä, oli tänäkin päivänä vain tämä pieni hetki ja se on jälleen ohi ja jään haaveilemaan seuraavasta.

Kova treeniviikko alkaa. Koen olevani jo valmiiksi väsynyt, vaikka minun pitäisi kevyemmän treeniviikon jälkeen olla täynnä energiaa. En ehdi lepäämään työvuorojeni välissä riittävästi, tunnen sen kehossani. En myöskään ole noudattanut ruokavaliotani nyt niin orjallisesti kuin olisi pitänyt ja tämä kostautuu. En jaksa yhtä hyvin. Myös sillä on merkitystä, että olen tulevat vapaapäiväni ohjelmoinut niin täyteen ohjelmaa, että koen nekin miltei työpäiviksi. Minulla on vaikeuksia rentoutua. En enää tiedä mitä rentoutuminen on.

Nyt minulla on vapaapäivä ja oli ihanaa nukkua pidempään. Kyllä minä nytkin heräsin jo ennen seitsemää, kun muu väki aloitti aamuaskareitaan ja tunsin, kuinka ärsyyntyminen yritti ottaa minusta yliotetta, mutta taistelin vastaan ja onnistuin. Onnistuin aina siihen hetkeen asti, kunnes lopulta nousin vuoteesta. Minut ympäröi välittömästi kaaos, paniikki, kiireen tuntu kaikesta tekemättömästä työstä, täällä kotonakin.

Olen järjestyksen ihminen, sinä et. Kärsin. Kärsin epäjärjestyksestä ympärilläni ja raivostun, kun saan jokaisen vapaapäiväni tai iltavuoroni aamun aloittaa selvittelemällä ensin sotkua keittiössä, siirtyen sieltä olohuoneeseen, eteiseen, makuusoppiimme, jne. Olen mennä järjiltäni, en voi käsittää miksi vain minä välitän tällaisista asioista ja miksi ne vaikuttavat minuun niin voimakkaasti, että olen räjähtää. Alan olla aivan loppu. Minulla ei oikeastaan ole koskaan vapaapäivää, jolloin voisin aamusta asti vain olla ja nauttia olostani järjestyksen keskellä. En pysty rentoutumaan ennen kuin ympärilläni vallitsee järjestys, se luo minulle rauhan ja kuitenkaan en saavuta järjestystä, rauhaa, koskaan ja se suututtaa minua.

Haluan nauttia kynttilöiden valosta iltahämärässä tietäen, että kotini ympärilläni on puhdas ja siisti. Tämä puhtauden tuoma turvallisuuden tunne kumpuaa jo lapsuudesta. Kotimme oli aina siisti. Odotan joulua kovasti. Olen toiveikas, että jouluna koti on puhdas ja saan levätä.

Elämässäni alkaa menetysten sarja.

Joudumme luopumaan koirastamme, tai sinun koirasi se alunperin oli, mutta suhteeni siihen on kehittynyt näiden yhteisten vuosien aikana häkellyttävän läheiseksi. Mitä vanhemmaksi koiramme tulee, sitä tiiviimpi on minun ja sen yhteys. Kun toivuin leikkauksesta, se tuli viereeni, oli lähellä ja lohdutti.

Aikaa tästä kuluu niin kovin vähän, kun sinun äitisi, minun anoppini ei enää jaksa taistella syöpää vastaan. On tullut aika luovuttaa, päästää irti ja antaa kuoleman tulla. Miten minua sattuukaan. Sinun tuskasi. Minulla ei ole mitään millä helpottaa, ei ole sanoja, ei tekoja, ei mitään. Tämä on suru, mikä kuuluu sinulle. Olen vierelläsi.

Tulemme äitisi hautajaisista, surun murtamina tyhjiöinä.

Minulle soitetaan oudosta numerosta. En jaksaisi puhua, mutta vastaan. Puhelimessa ystävättäreni mies kertoo minulle, että ystävättäreni on kuollut. Noin vaan, ilman mitään ennakkovaroitusta. Hän on poissa.

Vain kaksi viikkoa aikaisemmin olin saanut häneltä viestin, että hänen vatsastaan on löydetty iso kasvain, mutta vielä ei

tiedetä sen enempää. Olimme peloissamme, mutta toiveik-
kaita. Tiesin hänen päässeen sairaalaan jatkotutkimuksiin,
kunnes yhtäkkiä, tuona murheesta mustana päivänä hänkin
muuttuu enkeliksi pilven reunalle, tähdeksi taivaalle, tuulen
henkäykseksi kesäillassa. Ei kahta ilman kolmatta, sanotaan.
Kuka vittu senkin on keksinyt, häpeäisi.

Meidän suhteemme oli ainutlaatuinen, täysin poikkeukselli-
nen. Me olimme toistemme päiväkirjat. Hän kirjoitti omansa
loppuun aikaisemmin, aivan liian aikaisin. Me tutustuimme
aikanaan työpaikalla, minun ensimmäisessä. Vaikka työpai-
kat vaihtuivat, meidän kirjeenvaihtomme, ystävyytemme,
säilyi. Me kirjoittelimme toisillemme päivittäin. Tapasimme
harvoin, mutta jotenkin vain olimme toisillemme jotakin hy-
vin merkityksellistä, jotakin, jota ei voi sanojen koruttomuu-
della pilata. Sattuu. Itkulle ei enää tule loppua, kaikki tekee
niin kipeää ja tuntuu merkityksettömältä. Tyhjyys.

Kävelen portaita ylös kotiin, en meinaa jaksaa kivuta toiselle tasanteelle. Minä sain otteluni, mutta sekään ei tunnu oikein miltään. Harjoitukset jatkuvat. Olen siirtynyt tekemään kolmivuorotyötä ja opiskellut uuden työni ohella jälleen uuden ammatin. Teen myös tämän myötä tulleita töitä yrittäjänä kaiken muun ohella.

Illalla joudun lopettamaan treenit kesken. Sydämeni huutaa rinnassani. Se ei jaksa enää ja tiedän, että minun on pysähdyttävä, muutoin sydämeni pysähtyy.

Elämästäni on tullut suorittamista. Kaikki mitä teen, on minulle suoritus, valtava ponnistus. Aamulla herätessäni kellonsoittoon, ensimmäinen ajatukseni on, että en jaksa taistella tätä päivää läpi ja haaveilen siitä hetkestä, kun pääsen takaisin peiton alle, nukkumaan. Toivon sairastuvani, että tämä kaikki loppuisi, kuten silloin syövän myötä. Silloinhan minulla oli lupa vain olla ja levätä. Elämäni on työntekoa ja treenaamista. En osaa hellittää, koska tiedän, että jos pysähdyn, en enää lähde uudelleen liikkeelle. Jos pysähdyn, kaikki loppuu. Itkettää. Miksen ole tyytyväinen mihinkään.

Minulla on hyvä työ, olen arvostettu työntekijä ja miksi en olisi. Minähän teen edelleen aina kuten muut haluavat minun tekevän, en osaa sanoa ei, koska pelkään, etten sen jälkeen ole enää pidetty. Olen myös aina hyväntuulinen, tai niin kaikki ainakin kuvittelevat ja miksi eivät kuvittelisi. Minähän hymyilen aina, nostan muut kun he kaatuvat, kuuntelen ja ymmärrän. Todellisuus pinnan alla itkee, raivoaa ja riehuu ja itkee lisää.

Itken joka käänteessä. Itken kun sinä ja valmentajani annatte minulle luvan pitää taukoa treeneistä, itken epäonnistumistani, itken helpotusta, itken luopumista, itken tyhjyyttä, itken yksinäisyyttä ihmiset ympärilläni.

Lopulta en selviydy edes viidentoista minuutin kävelymatkasta töihin ilman kuoleman pelkoa. Nyt minulla ei ole enää vaihtoehtoja ja hakeudun työterveyteen. Minulle tehdään erinäisiä testejä ja lääkäri on jo diagnosoimassa minut masentuneeksi, uupuneeksi, mutta passittaa kuitenkin vielä verikokeisiin. Tulos on lamaava. Minulla on hyvin vakavaksi edennyt kilpirauhasen liikatoiminta. Elimistöni on vuorokauden jokaisena sekuntina siinä pisteessä, kuin olisin juuri saavuttamassa maaliviivan maratonilla. Vasta tämän vertauskuvan myötä ymmärrän, että minun täytyy pysähtyä, rauhoittua, rentoutua ja uskoa, etteivät oireet johdu huonosta kunnostani, sydämeni vain ei enää jaksa, minua.

Seuraavat viikot kuljen jälleen sumussa. Koen valtavia epäonnistumisen ja ulkopuolisuuden tunteita, syyllisyyttä ja huonommuutta. Koen olevani häpeällinen vajakki.

Lopulta yritän antautua ajatukselle, että nykyiset harrastukseni, työmääräni, huoleni vievät minut ennenaikaisesti hautaan, jos jatkan kuten tähän asti ja lähden etsimään vaihtoehtoja. Minun pelastukseni tämän kaiken keskellä on uusi koiramme. Sen rakkaus, ilo ja kiitollisuus saavat minut nousemaan vuoteesta, lähtemään ulos ja etsimään hyvää oloa luonnosta ja raikkaasta ulkoilmasta.

Hetken hapuiltuani löydän kuin sattuman kaupalla kundaliinijoogan. Sen ensimmäisissä harjoituksissa koen valtavan läpimurron, kun opettajamme pyytää meitä menemään paikkaan tulevaisuudessa, missä kaikki on hyvin, olemme täynnä rakkautta ja iloa. Löydän itseni valkoisiin joogin vaatteisiin pukeutuneena rantahiekalta, olen täydellisessä sopusoinnussa, harmoniassa omassa kehossani ja ympäristössäni. On lämmin ja takanani on vaatimaton bungalow, riippukeinu, aurinkoa ja vettä. Kyyneleet vierivät silmäkulmistani, olen niin onnellinen ja kiitollinen. Tämä kaikki tuntuu mahdolliselta. Palaan myöhemmissä meditaatioissani, rentoutusta hakiessani tähän paikkaan. Se tuntuu hyvältä. Ajatella, että oloni on turvallinen ympäristössä, joka on minulle täysin vieras ja johon ei kuulu muita ihmisiä. Fantasia, jossa olen yksin.

Elämäni jatkuu melko tasaisena seuraavat kaksi vuotta. Kokeilen summanmutikassa erilaisia liikuntamuotoja kuin etsien itselleni sopivaa. Huomaan liikunnan vähentyvän kuitenkin hiljalleen, kunnes se on kadonnut lähes kokonaan ja tilalle on tullut työ. Teen töitä. Teen töitä paljon. Miellyttämisen haluni on valtava. Koen suuria epäonnistumisen ja ulkopuolisuuden tunteita thainyrkkeilystä luopumisen ja sairauksieni myötä. Haen hyväksyntää suostumalla nyt kaikkeen mitä työn puitteissa minulta pyydetään. Ajaudun tekemään aivan sairaita työputkia riittämättömillä palautusajoilla. Lisäksi toimin yrittäjänä yrittäen kasvattaa omaa toimintaani palkkatyön ohella. Haaveilen siitä, että elämässäni olisi joku rytmi. Haaveilen levosta. Haaveilen parisuhteesta, jossa olisimme vain toisillemme edes yhden viikonlopun verran. Haaveilen muuttamisesta johonkin kauas, johonkin missä minun ei tarvitse huolehtia muista, kenestäkään muusta.

Tarpeeni päästä pois kaikesta, mennä johonkin piiloon koko maailmalta on niin voimakas, että päädymme hankkimaan kanssasi kesämökin. Tässä mökissä on ensi kosketuksesta lähtien jotakin taianomaista, suorastaan maagista. Tunne mikä minut valtaa päästessäni mökille, on jotain uskomattoman upeaa. Täällä minä pystyn hetkittäin hengittämään ja olemaan vain minä.

***

Kuin varkain askeleeni hidastuu, mieleni tummenee. Lopulta
ajaudun pilkkopimeään luolaan, josta ei ole poispääsyä.
Koko olemukseni on muuttunut kirkkaasti loistavasta
tähdestä harmaaksi kraateriksi, jota maan vetovoima vetää
puoleensa, kuin kutsuen osaksi itseään, katoavaksi maan
uumeniin.

***

KAHDEKSAN

Olen mökillä, yksin. Joutsen lentää ylitseni. Tunnen yhteyden. Isäpuoleni kuolema. Tämä hetki tarjoilee minulle syyn. En pysty pidättelemään itseäni enää, eikä minun tarvitsekaan. Vihdoinkin minulle tarjoutuu syy, lupa itkeä, lupa surra. Ja minä suren. Minä suren kaikkia elämäni ihmisiä. Minä suren kaikkia elämäni eläimiä. Minä suren heidän kaikkien surut. Minä suren itseäni. Minä suren sitä etten jaksanutkaan. Minä suren sitä etten ollutkaan kaikkien odotusten mukainen. Minä suren sitä ettei minusta koskaan tullut yhtä taitavaa kärrynpyörän tekijää kuin lapsuudenystäväni. Minä suren sitä ettei minusta koskaan tullut kilpaurheilijaa. Minä suren sitä, että olin paska äiti. Minä suren sitä ettei minusta koskaan tullut joulujuhlan Herodesta, vaan jäin sivusta seuraajaksi, varjoksi omaan elämääni. Kaaos.

Palaan kaupunkiin. Suru tulee mukanani, se on kaikkialla läsnä. En osaa sanoittaa sitä, se vaan on. Se on mukanani kaikki nämä vuodet kulkenut musta möykky, joka nyt on ottanut minut valtaansa, peittänyt minut alleen. Jäljellä on vain mustaa.

Menen töihin. Jokin minussa on peruuttamattomasti muuttunut. Työkaverini näkevät kai muutoksen ja kysyvät mikä minulla on hätänä. Maailmani romahtaa siihen paikkaan ja poistun. Poistun selitellen jotakin epämääräistä, isäpuoleni kuolemasta ehkä. Äkkiä ennen kuin he huomaavat kuinka musta minusta on tullut. Pelottaa. Olenko lopulta sekoamassa kokonaan. Onko tämä nyt minun hetkeni, aivan kuten kävi ehkä joskus isäni äidille.

Suru isäni silmissä. Se sama suru on myös minussa. Näen sen myös tätini, veljeni, setäni silmissä. Se on kuin sisäänrakennettu vitsaus, joka kulkee suvussamme kertoen koko historiamme eletyssä elämässä, tässä ja nyt, surussa. Se näkyy vain meissä, vain herkimmissä meistä.

Isäni lapsuus oli rankka. Köyhyyttä ei ollut, muttei rakkauttakaan. Lapsia oli monta ja heistä huolehtivat vaihtuvat taloudenhoitajat. Isänsä teki tärkeää työtään kaukana perheestään, kaksoiselämässään. Äitinsä oli mieleltään sairas, riippuvainen alkoholista ja lääkkeistä, kuoli nuorena jättäen jälkeensä viisi eksynyttä lasta. Huomaan miettiväni, onko suru sitä samaa mielen sairautta, onko se minussakin, meissä kaikissa omalla tavallaan. Olen nähnyt mummustani vain kuvia, kauniita kuvia, joista niistäkin huokuu se samainen suru, minun suruni.

Hakeudun lääkärille. Masennus vai työuupumus, saan itse päättää. Valitsen masennuksen. Valitsen sen siksi, ettei minun tarvitse ihan vielä myöntää, etten jaksanutkaan olla niin reipas kuin minun kuviteltiin olevan. En ollutkaan niin tarmokas ja taitava, kuin tätini lapsuuteni kesämökillä. Ei, olen mieluummin masentunut.

Itku on muuttunut jollain tapaa vapauttavaksi, helpottavaksi. Se on kuin padottu koski, jolle on annettu lupa laskea vetensä seuraavalle tasanteelle. Kuljeskelen päivät pitkin metsiä samoillen koirani kanssa. Se on kaikki mihin minä pystyn. Vietän myös paljon aikaani mökillä yksin. Se tuntuu turvalliselta, ei tarvitse kohdata ketään. En halua edes puhua kenellekään. Eikä minun täällä ollessani tarvitse olla mitään, kenellekään. Saan olla vain oma itseni, mitä ikinä se sitten onkaan.

En oikein tiedä kuka olen ja mitä varten. Oloni on eksynyt ja harmaa. Diagnoosin ja muutaman keskustelukäynnin jälkeen oloni on muuttunut mustasta harmaaksi. Se lienee hyvä asia, mustasta askel eteenpäin olisi ollut kuolema, nyt minulla on kai vielä toivoa valosta, huomisesta, jostain kirkkaammasta.

Yhtenä iltana makaan saunan lauteilla valinnan edessä. Tässä hetkessä, nyt, minulla on valta ja voima valita. Jos päätän kuolla, kuolen. Kuolema on läsnä kauniina, herkkänä, helpottavana.

Voin viimeisen kerran lopettaa hengittämästä ja päästää irti, irti kaikesta, tuskasta, häpeästä, yrittämisestä, leijailla pois koko olemassaolon ääreltä. Tunne on houkutteleva, se syleilee minua helppoudellaan.

Päätän jatkaa, tietäen, että päätös on lopullinen. Tilaisuus on ainutlaatuinen, se ei tule toistumaan, se hieman harmittaakin.

Tiedostan, että jos nyt kerään kaikki jäljellä olevat fyysiset ja henkiset voimavarani noustakseni ylös, jatkaakseni elämää, se on valinta, jonka minä teen itse. Sen jälkeen kaikki vanha on taakse jäänyttä, tekosyitä ei enää ole, ei ketään syytettyjen penkeillä irvistämässä.

Nousen ja peseydyn, ikäänkuin huuhtoakseni itseni synninpäästönä. Puhtaana astellen kohti tulevaa. Oloni on pehmoinen, rauhallinen, hiljainen. En jaksa puhua, enkä puhukaan.

Sinä jaksat. Jaksat edelleen olla täällä minua varten kaikkien näiden vaikeuksieni jälkeen ja keskellä. Miten helvetissä sinä jaksat? Kuten niin monta kertaa aikaisemminkin, niin myös nyt. Sinä autat minua. Mutta vasta kun minä pyydän sitä. Niin me lähdemme varovasti, pala kerrallaan, yhdessä hapuillen koskettelemaan tilannetta. Miettimään kuka minä olen, mitä minä haluan, miksi ja jos tietäisin, niin miten sen tekisin. Tämä on pelottavaa, vaikeaa, ahdistavaa. En jaksaisi miettiä, en halua miettiä. Samalla tiedän, että se on ainoa ulospääsyni. Ainoa mahdollisuuteni selvitä huomiseen on tietää ensin kuka minä olen.

Samoihin aikoihin tapaan entisen valmentajani. Hänkin haluaa auttaa minua ja se tuntuu suurenmoiselta, vaikken tiedä miten hän pystyisi minua tässä tilanteessa auttamaan. Olen hieman häkeltynyt mennessäni tapaamiseen tietämättä yhtään mihin se johtaa, mitä siellä tehdään, mitä odottaa.

Tapaamisemme kestää pari tuntia. Sanoitan ensimmäistä kertaa elämässäni ääneen sen, että minulla on ollut paljon sivusuhteita ja että olen tehnyt elämässäni hyvin paljon pahaa. Yhtäkkiä huomaan kertovani hyvinkin avoimesti kaikesta, huonommuuden tunteistani, miellyttämisen tarpeestani, mitättömyydestäni. Ilmapiiri on avoin, syleilevä, rehellinen ja luotettava.

Kuin taivaalta kohti iskevä salama, tapahtuu jotakin täysin käsittämätöntä, ennalta arvaamatonta.

Minä annan anteeksi. Oma-aloitteisesti. Annan anteeksi kaikille kaiken. Annan anteeksi itselleni. Tunnen kertaheitolla itseni kokonaiseksi. Olen ensimmäistä kertaa elämässäni todella tässä, en menneessä enkä tulevassa, vaan tässä hetkessä. En tiedä miten tämä tapahtuu, mutta tunne on niin helpottava, että se tulvii surullisista silmistäni ulos kuin tulva. Olen kuin keväisin valtoimenaan tulviva joki, joka riemukkaasti jatkaa tulvimistaan ilman rajoitteita, ilman häpeää ja syyllisyyttä. Tämä tuntuu niin hyvältä, niin syvällä sielussani, sydämessäni, että olen pakahtua tähän tunteeseen.

Voiko tämä olla näin helppoa. Voinko vain kääntää sivua tuhkanharmaassa elämässäni ja kohdata uuden, hohtavan valkoista tyhjyyttä kutsuvan sivun ja lähteä täyttämään sitä haluamallani tavalla. Vain antamalla anteeksi.

Tuntuu kuin kaikki paha vain katoaisi. Aivan kuten silloin kun sinun kanssasi halasimme ensimmäisen kerran. Samalla tavoin kuin silloin, kun kaikki riippuvuuteni rippeet varisivat lattialle kuin neulaset kuivuneesta kuusesta. Musta möykky vatsastani vierii painavan kivenmurikan lailla pois jättäen jälkeensä vain jotakin valkoista, hohtavaa. Kiitollisuuden. Kiitollisuuden pois menostaan. Kiitollisuuden siitä, että olen saanut elää yhdessä murikkani kanssa kaikki nämä vuodet. Olen kiitollinen kaikista kohtaamisista elämäni varrella, niistäkin joita en edes muista usvaisen elämäni ajoilta. Lähden hymyssä suin kotiin.

Seuraavien kuukausien ajan opettelen huomioimaan itseni. Laittamaan itseni kaikkien muiden edelle, koiranikin. Se on vaikeaa ja tunnen olevani itsekäs. Pienin askelin kaivaudun yhä syvemmälle sisimpääni ja varovasti tunnustellen opettelen itseni uudelleen. Opettelen itseni ensimmäistä kertaa elämässäni. Aloitan jokaisen aamuni antamalla ensin pienen hetken itselleni. Alkuun se on vain kymmenen minuuttia. Laitan kuulokkeet päähäni ja valitsen sen ajan kestävän rauhallisen musiikin ja vain olen. Olen itselleni, itseäni varten, itse. Tämä on helpottavaa, armollista ja auvoista. Voin olla itse ilman ketään ja mitään muuta.

Jatkamme harjoituksia myös sinun kanssasi. Kirjoitan ylös kaikki hulluimmat ideani mitä sisältäni, minusta itsestäni kumpuaa. Se tuntuu ensin pelottavalta ja myöhemmin ihanalta, autuaalta, kannattelevalta. Minulla on lupa kirjoittaa itselleni asioita, jotka tulevat itseni sisältä. Asioita, jotka tuottavat minulle iloa, hyvää oloa, tulevaisuuttani, haaveitani, arvojani, tunteitani, ihan kaiken sen mitä sisältäni tulee ulos. Opettelen tekemään tämän kaiken välittämättä siitä mitä muut siitä ajattelevat.

Alan innostua kirjoittamisesta, se on helppoa. Kirjoittaessani voin vakuuttua siitä, että asiat ovat vain minun omaisuuttani, jotakin mitä minun ei tarvitse jakaa muiden kanssa, antaa muille.

Lopulta huomaan, että kuin ohimennen olen kirjoittanut sitä hohtavan kirkasta tulevaisuuttani kohti vievän suunnitelman. Askel askeleelta lähden tavoittelemaan unelmaani. Sinä rinnallani.

Ensimmäinen askeleeni on se, että palaan töihin, mutten enää täysipäiväisenä vain tekemään osa-aikaista työaikaa. Se tuntuu hyvin luontevalta. Silläkin on päämäärä. Päämääränä on minun elämäni.

Samoihin aikoihin katselen kuumeisesti pieniä taloja syrjäseudulta. Haaveilen, että voisin asua edes osittain maalla, toteuttaa unelmieni hoitoja siellä, tarjota ihmisille ennennäkemättömiä kokemuksia luonnon keskellä, kaukana kiireestä, antaa käsieni toteuttaa voimaansa. Tiedän kuitenkin, että tämä ei ole sinun unelmasi, vaan minun ja olen valmis tekemään kompromisseja. Tiedän olevani vielä pitkään sidottu myös kaupungin vilskeeseen.

Tässä hetkessä tyydyn tilaan, jossa kaikkien on hyvä olla, ensisijaisesti minun itseni. Tilaan, joka antaa minulle itselleni paljon hyvää voidakseni jakaa sitä myös muille. Hyvän on tarkoitus kiertää. Kiertäessään se kasvaa kasvamistaan ja mitä suuremmaksi se kasvaa, sitä kovemmin se jatkaa matkaansa ja sitä useamman se matkallaan kohtaa.

Jätän haaveeni unelmieni talosta järven rannalla, jossakin etäämmällä, hautumaan. Se ei poistu, se kulkee mukanani jokaisena päivänä, jokaisen päivän jokaisena sekuntina. Se loistaa taivaalla kirkkaimman tähden lailla. Valaisten polkuni parhaiten silloin, kuin taivas on selkeä.

***

Anna anteeksi. Anna anteeksi oikeasti, syvästi, repivän
kauniisti, rumasti, teatraalisesti, viiltävästi, rajusti, aidosti.
Vain anteeksi antamalla poistuu valinta elämän ja kuoleman
välillä. Vain anteeksi antamalla saat mahdollisuuden löytää
sinun kirkkaimman tähtesi taivaalta, sen joka on tarkoitettu
juuri sinun löydettäväksi.

***

K I I T O S

Haluan vielä lopuksi muistuttaa, että kaikki kertomani tapahtumat, niissä esiintyvät ihmiset, paikat ja kuvaukset ovat minun mielikuvieni kaltaisia, eivät absoluuttinen totuus.

Isi ja äiti, minä rakastan teitä.

Rakas poikani ja aviomieheni, minä rakastan teitä.

Veljeni ja sisareni, minä rakastan teitä.

Olen kiitollinen teistä kaikista ja te kaikki olette minulle korvaamattoman tärkeitä.

Kiitos myös kaikille teille, jotka halusitte lukea tarinani.